괴테전집

2

서동 시집

西東 詩集

하피스

모하메드 셈세딘이여, 말해 주오.
왜 그대의 민족이, 고귀한 민족이
그대를 하피스라 부르는지

―「하피스 시편」에서

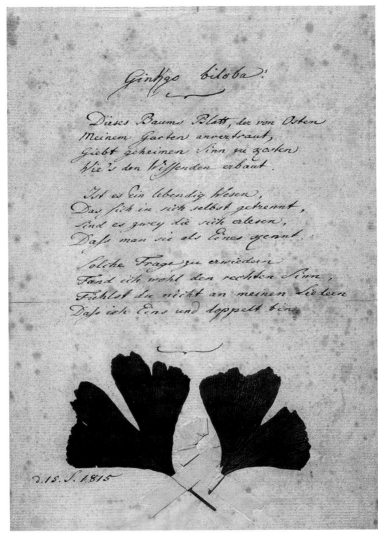

「줄라이카 시편」에 실린 시 「은행나무」 원본

두 쪽으로 갈려 있는
이 잎은 본래 한 몸인가?
사람들에게 하나로 보이는
이것은 본래 두 개인가?

—「줄라이카 시편」에서

마리안네 폰 빌레머

당신의 사랑에 너무 행복하여
나 기회를 나무라지 않겠어요
기회가 당신에겐 도둑이 되었지만
그 도둑질이 나를 더없이 기쁘게 해 주네요!

―「줄라이카 시편」에서

하피스의 시를 바탕으로 그린 그림

만물의 한 원소인 먼지를
하피스여, 사랑하는 이를 위해
아름다운 노래를 지을 때면
그대는 참으로 노련하게 다루는구려.

—「시인 시편」에서

아담과 이브

착한 아담이여, 이보다 다루기 힘든 일이 또 있을까?
여인들을 조심해서 다루게
그대들의 갈비뼈가 부러지면 낭패니까.

—「성찰 시편」에서

마즈눈 이야기 관련 그림

오직 서로만을 위해 존재하는 사랑
마즈눈과 라일라.

그러니 마즈눈이 죽어 가면서
라일라 앞에서 다시는 제 이름을
부르지 말라 소망한 것은
그 얼마나 커다란 슬픔이었겠는가.

―「사랑 시편」에서

괴테전집

2

서동 시집

西東 詩集

West-östlicher Divan

괴테 | 김용민 옮김

민음사

차례

일러두기

1. 이 책은 함부르크판 『괴테전집』 중 제2권에 실린 「서동 시집 (*West-östlicher Divan*)」(1972)을 번역 대본으로 삼았다.

2. 모든 주석은 옮긴이가 함부르크판과 프랑크푸르트판 『괴테전집』 등을 참고해 붙였다.

3. 본문에 나오는 아랍어 음역은 외래어 표기법에 맞추되, 원래 발음과 가깝게 표기했다. 단, 원어 표기는 괴테가 쓴 독일어 표기를 따랐다.

4. 본문 구성은 함부르크판 체제를 따르지 않고 독립적인 시는 별면 처리하여 ━━ 표시를 하였다. 앞 시와 밀접한 연관이 있거나 독립적인 시로 보이지 않는 작품은 함부르크판과 같이 실선으로 구분했다.

5. 인용은 " "로 강조는 ' '로 표시했다.

시인 시편[1]

이십 년의 세월이 흐르는 동안[2]
내게 주어진 것을 마음껏 누렸네
참으로 아름다운 세월이었네
바르메키덴[3]의 시대처럼

1) *Moganni Nameh. Buch des Sängers.* 『서동 시집』은 모두 열두 시편으로 나뉘어 있으며 주제에 따라 표제가 붙어 있다. 괴테는 각 표제를 페르시아어와 독일어로 적어 놓았다. 첫 시편의 제목은 원래 '가수, 가인의 책'이라는 뜻이나 페르시아어로 Nameh는 '책, 작품'이라는 뜻과 함께 '편지, 서류, 증서'라는 의미도 있다. 여기에서는 '시'라는 의미로 쓰이고 있어 '시인 시편'이라 번역했다.

2) 이십 년이라는 세월은 1786년부터 1806년까지를 말한다. 1786년은 괴테가 바이마르 궁정의 관직에서 물러나 이탈리아 여행을 떠난 해로, 이후 그는 바이마르의 영주 아우구스트 공의 배려로 작가로서의 자유롭고 평화로운 삶을 영위하게 된다. 1806년은 나폴레옹이 독일을 점령하여 평화롭던 시대가 끝나고 전쟁과 혼돈의 시대가 시작된 해이다.

3) 승려이자 의사인 바르메크의 후손들로 20여 년간(786~803) 페르시아 왕국에서 재상을 맡아 시와 교육의 보호자 및 후원자 역할을 했다. 아랍에서는 '바르메키덴의 좋은 시절'이라는 말이 중국의 '요순시대'와 같은 뜻으로 쓰인다.

헤지라[4]

북과 서와 남이 갈라지고
권좌들이 무너지고 제국들이 전율한다[5]
그대여 달아나게나, 순수한 동방에서
가부장의 대기를 맛보게나
사랑하고 마시고 노래하는 가운데
키저[6]의 샘이 그대를 젊게 해 주리라.

그곳 순수하고 올바른 곳에서
나는 인류 기원의
심연 속으로 들어가리라

---

4) 괴테 시대에 통용되던 아랍어 Hedschra의 프랑스어 표기이다. 622년에 마호메트가
   메카에서 메디나로 이주한 것을 일컫는 말로, 이 이주를 통해 이슬람 역사의 새로운
   시대가 열렸으며 마호메트 연대가 시작되었다. 괴테가 첫 시의 제목을 헤지라로 붙인
   것은 동방으로의 도피와 동시에 새로운 연대의 시작이라는 의미를 지닌다.
5) 도입부에서 언급한 시대적 상황을 다시 한 번 설명하고 있다. 1806년에서 1814년까
   지 벌어졌던 나폴레옹의 노르웨이, 러시아, 스페인, 이집트 원정을 통해 몇몇 나라에
   서는 권좌가 무너지고 다른 제국들도 흔들리던 시대적 상황을 가리킨다. 이러한 시기
   는 괴테가 전범으로 삼은 동방의 시인 하피스가 살았던 시대와 비슷하다. 하피스가
   살던 시대 역시 티무르가 대규모의 정복 전쟁을 벌이던 시기였다.
6) 아랍 문학에 자주 등장하는 인물로 녹색 옷을 입고 생명의 샘을 지키는 인물이다.
   녹색은 봄의 자연을 상징하는 색이다. 하피스가 사십 일 동안의 금욕 생활을 끝내자
   키저는 생명의 물을 한 잔 가득 채워 그에게 주었다. 하피스는 이 물을 마신 뒤 시인
   의 영감과 불멸의 명성을 얻었다 한다.

아직 인간이 신으로부터
지상의 언어로 하늘의 계시를 받고
괜한 일로 골머리를 썩이지 않았던 곳으로.

그곳에선 조상을 높이 경배하였고
그 어떤 다른 봉사도 거부하였다.
나는 그러한 젊음의 제약도 기뻐하리라
믿음은 광대하고 사상은 협소한 것
신께서 들려주신 말이었기에
그곳에선 말이 그렇듯 중요하였다.[7]

나, 목동들 틈에 섞여
오아시스에서 목을 축이리라
대상들과 함께 떠돌며
숄이며 커피며 사향을 팔고
사막에서 도시에 이르는
모든 길을 걸어 보리라.

---

7) 고대 아랍의 구술 문화를 칭송하고 있다. 많은 속담과 구전된 시들, 천사장 가브리
엘이 직접 구술한 코란 등 고대 아랍 문화는 글로 쓰인 것보다는 구전된 것이 많은 비
중을 차지했다.

험한 바윗길을 오르내릴 때면
하피스,[8] 그대의 노래가 위안을 주리라
노새의 높다란 등 위에서
선도자가 황홀하게
별들을 깨우고, 강도들을 쫓기 위해
그대의 노래를 부를 때면.

온천에서 그리고 주막에서
성스러운 하피스여, 그대를 생각하리라.
사랑스러운 이가 베일을 살짝 들어 올려
송진 향 나는 머리 냄새를 풍길 때면
그대, 시인의 사랑의 속삭임은
후리[9]들마저도 설레게 한다.

---

8) 페르시아의 시성으로 본명은 모하메드 셈세딘이다. 하피스는 '코란을 외워 읊을 수 있는 이'라는 뜻이다. 서정적 연애시에 이슬람 신비주의를 결합해 시의 음악성을 살리면서 심오한 사상을 내포하는 시를 남겨 '신비의 혀', '언어에 관한 최고의 음악가'라는 찬사가 따라붙는다. 하피스는 페르시아 시인들 가운데 최고로 추앙받으며 아직도 이란에서는 집집마다 하피스 시집을 갖추고 암송하고 있다. 괴테는 독일어로 번역된 하피스의 시집을 읽고 자극받아 『서동 시집』을 썼다.

9) 이슬람교의 천국에 사는 영원한 성 처녀들이다. 신앙이 깊은 이들이 천국에 가면 젊고 아름다운 후리들이 천국의 문에서 맞아 준다고 한다. 다음 연에 나오는 "천국의 문"이라는 표현은 이러한 맥락에서 쓰였다.

그대들은 이런 그를 시샘하는가
혹은 불쾌히 여기는가
그렇다면 이 시인의 노래가
영원한 삶을 간구하면서
천국의 문을 나직히 두드리며
떠돌고 있음을 알아 두게나.

축복의 담보물[10]

홍옥에 새긴 부적은
믿는 이에게 행운과 평안을 가져다준다.
단단한 마노석에 새긴 부적에
정결한 입술로 입 맞추게나!
부적이 모든 악을 쫓아내고
그대와 그대의 집을 지켜 주리라
거기 새긴 말이
알라신의 이름을 온전히 알리고
그대의 사랑과 행동을 일깨우리라.
그러니 특히나 여인들이
부적에 감화받으리라.[11]

액막이 부적 역시 마찬가지로
종이에 적은 기호이다.
보석의 좁은 공간에
매일 필요가 없기에

---

10) 앞 시와 연결되는 이 시는 동방 세계의 여행자가 새로운 세계를 가까이서 접하고
   배우는 과정을 보여 준다. 특히 여러 가지 부적을 통해 종교적 관습을 상세하게 소개
   하고 있다.
11) 동방에서는 부인들이 돌에 글씨를 새긴 부적을 허리띠나 가슴에 지녔다고 한다. 탈
   리스만이라고 부른다.

경건한 영혼들은
보다 긴 구절을 고를 수 있다.
남자들은 이 종이를 휘장처럼
신심 있게 어깨에 두르기도 한다.

부적의 글귀[12]에는 비밀의 뜻이 없어
글귀 그 자체로 모든 것을 말해야 한다.
그대가 몹시도 마음에 들어
기꺼이 말하고픈 내용을.
'내가 말하고 싶은 게 이거야! 이거!'

그러나 나는 그림 부적[13]은 드물게 지닌다!
이 부적에 새겨진 기괴한 모습은
음울한 광기가 창조한 것
이것을 여기서는 최고로 여긴다.

---

12) 부적에 새기는 글귀는 대개 코란의 경전이나 기도문, 알라신이나 예언자들의 이름
으로 되어 있다.

13) 아브락삭스라고 부른다. 수탉과 인간 그리고 뱀의 형상을 조합한 기이한 동물이 그
려진 경우가 많다. 그래서 빙켈만 같은 이는 이 부적이 예술적 가치가 없다고 했다.
괴테도 한때는 그림 부적을 '기괴하다'고 평가했으나 이 시에서는 지고의 의미를 부
여하고 있다.

내가 그대들에게 엉뚱한 말을 한다면
그림 부적을 지녔다고 생각하게나.

인장 반지의 그 좁디좁은 공간에
지고의 의미를 새겨 넣기는 힘들다.
하지만 거기서 진정한 것을 얻을 수 있으니
그대가 생각도 못한 말이 거기에 새겨져 있다.

자유로운 마음

나를 안장 위에 그냥 내버려 두시게!
그대들은 오두막과 천막에 머물러 있게나!
나는 기쁜 마음으로 멀리멀리 말달려 가려네
내 두건 위론 별들만 빛나리니.

———————

땅과 바다의 인도자로
그분은 별을 심어 놓으셨네
그대들이 하늘을 바라보며
늘 기뻐할 수 있도록.

부적의 글귀들

동방은 신의 것!
서방도 신의 것!
북쪽과 남쪽의 땅들
신의 손안에서 평화에 잠겨 있네.

———————

그분, 오로지 정의로우신 분
모두에게 올바름 주신다.
그분의 백 가지 이름[14] 중
이 이름 높이 칭송받으라! 아멘.

———————

미몽이 저를 어지럽게 하여도
당신은 저를 거기에서 풀어 주십니다.
제가 행동할 때나 시를 쓸 때에도
당신은 제게 올바른 길 알려 주십니다.

———————

14) 알라신은 백 가지 이름이 있는데 그중 하나가 이 시에서 언급되는 "오로지 정의로
우신 분"이다.

제가 이승의 일을 생각하고 꾀한다 해도
보다 높은 천상의 이익이 됩니다.
먼지와 함께 정신은 사라지지 않으니
단단히 뭉쳐져 하늘로 올라갑니다.

숨쉬기에는 두 가지 은총이
공기를 들이마시고 내쉬는 은총이 들어 있다.
들이마실 땐 답답하고 내쉴 땐 시원하다
우리 삶에도 놀랍게 그 두 가지 섞여 있으니
신이 그대를 옥조인다 해도 감사드리고
그대를 다시 풀어 줄 때에도 감사드리게.

네 가지 은총

아랍인들이 제 몫의 넓은 세상을
즐거이 지나다닐 수 있도록
알라신이 모두에게 복을 내려
네 가지 은총을 주셨다.

첫째는 터번으로, 어떤 왕관보다도
더 멋지게 머리를 장식해 준다.
다음은 천막, 이리저리 옮기며
어디서든 살 수 있게 해 준다.

칼은 그 어떤 바위와 높은 담보다도
자신을 지키는 데 더욱 쓸모가 있다.
노래는 멋지고 유익하여서
처녀들이 즐겨 귀 기울인다.

그래서 내가 처녀의 숄에
그려진 꽃을 노래하면
처녀는 무슨 뜻인지 금방 알아차리곤
귀엽고 사랑스레 나를 대해 준다.

꽃과 열매에 대해 나는 그대들에게

아주 멋들어지게 얘기해 줄 수 있고
그대들이 도덕을 원한다면
새로운 도덕들에 대해서도 노래해 줄 수 있다.[15)]

---

15) 하피스의 시는 독자에게 꽃이자 열매였는데, 아름다우면서도 교훈적이기 때문이다. 당시 시인들은 주로 도덕을 시의 소재로 삼았으며 도덕에 대한 공부는 항상 시에 대한 공부와 연결되어 있었다. 따라서 여기서 복수로 표현된 "도덕들"은 오늘날 사용되는 의미라기보다는 '한 이야기에서 끄집어 낼 수 있는 훌륭한 가르침'이라는 의미이다.

고백

감추기 힘든 것이 무엇인가? 불이지!
낮에는 연기가 누설하고
밤에는 불꽃이, 그 무시무시한 것이 누설하기 때문이지.
그보다 더 감추기 힘든 것은
사랑이네. 고요히 마음에 품고 있어도
사랑은 가볍게 눈에서 뛰쳐나오거든.
그러나 가장 감추기 힘든 것은 시라네.
시를 됫박 아래 두지는[16] 않기 때문이지.
시를 읊조리자마자 시인은
그 시에 온통 사로잡혀서
멋지고 우아하게 적어 놓고는
온 세상이 그것을 사랑하길 바라거든.
그래서 시인은 모두에게 즐겨 큰 소리로 시를 읽어 주지
그 시가 우리를 괴롭히건 즐겁게 하건 간에.

---

16) 「마태복음」 5장 15절을 인용한 표현이다. "등불을 켜서 됫박으로 덮어 두는 사람은 없다. 누구나 등경 위에 얹어 둔다."

원소들[17]

문외한도 즐겨 듣고
대가도 기쁘게 듣는
진정한 노래는
얼마나 많은 원소들로 이루어지는가?

사랑이 그 무엇보다도
우리들 노래의 주제.
사랑이 노래를 뚫고 흐르면
노래는 더욱 멋지게 울린다.

다음으로 술잔 부딪는 소리도 나고
루비 같은 포도주도 붉게 빛나야 한다.
사랑하는 이들이나 술 마시는 이들에겐
가장 아름다운 꽃다발로 손짓해야 하니까.

---

17) 존스는 동방의 시문학을 연애시, 영웅시, 풍자시로 나누었다. 아랍인들은 많은 시에서 풍부한 이미지와 번득이는 상상력으로 사랑을 노래했고, 특히 페르시아인들이 뛰어났다. 시의 또 다른 요소는 포도주로 그 누구보다 하피스가 포도주에 매혹당한 시인이었다. 이 시에서 언급된 시의 네 가지 근본 원소들은 하피스와 괴테의 시집에서 모두 다루어지고 있는데 사랑, 포도주, 풍자를 다룬 시가 많고 전쟁을 다룬 시는 적다.

무기들 부딪치는 소리 또한 필요하고
나팔 소리도 울려 퍼져야 한다.
행운이 불꽃처럼 활활 타오르면
승리의 영웅이 신이 된다.

마지막으로 시인은
많은 것을 미워해야 한다.
아름다움을 망치는 것
기분 나쁘고 추한 것을.

이 네 가지 근본 원소들을
시인이 잘 섞을 줄 안다면
하피스처럼 영원히
온 백성을 기쁘고 활기차게 해 주리라.

창조와 소생[18]

한스 아담은 흙덩어리였는데
하느님이 그것을 인간으로 만들었다
그러나 어머니의 자궁에서 나왔을 때
아직 거친 모습을 하고 있었다.

여호와가 그의 코에
최상의 정신을 불어넣자
조금은 나아진 것 같았다
재채기를 하기 시작했으니까.

뼈와 사지와 머리만으론
그는 아직 반쪽 덩어리였다
마침내 노아가 그를 위해 진정한 것
그러니까 술잔을 찾아낼 때까지는.

그 덩어리는 술을 입에 대자마자

---

18) 이 시는 1814년에 쓴 것으로 『서동 시집』의 시 중 가장 오래되었다. 아담은 신에 의
해 창조되었지만, 포도주를 통해 비로소 생기를 찾았다는 익살스러운 모티프가 이 시
의 바탕에 있다. 아담의 창조에 관한 이야기는 성경에서뿐만 아니라 코란에서도 비슷
하게 나온다. 노아 역시 성경뿐 아니라 코란에도 나오는 인물이다. 아담의 창조와 아
담이 포도주를 통해 활기를 찾는 모티프는 하피스의 시에도 여러 번 등장한다.

바로 날아오르는 듯한 기분을 느꼈다
마치 반죽이 발효될 때
부풀어 오르기 시작하는 것처럼.

하피스여, 이렇듯 그대의 아름다운 노래가
그대의 성스러운 본보기가
술잔 부딪치는 소리와 함께
우리를 창조주의 신전[19]으로 이끌어 주리라.

---

19) 유대교, 기독교, 이슬람교를 모두 아우르는 창조주에 대한 숭배를 표명하며 이 시
집의 원래 의도인 '동서양의 넘나듦과 결합' 이라는 주제를 표현하고 있다.

현상

비구름이 아폴로[20]와
짝을 지으면
색색으로 아롱진
무지개가 뜬다.

안개 속에 어리는
둥그런 띠
허옇긴 하지만
그 역시 천상의 무지개.

그러니 그대, 활달한 노인이여,
슬퍼하지 말게나
머리가 곧 허옇게 세도
여전히 사랑할 수 있으리.

---

20) 태양을 의미한다. 태양은 안개 속에서도 무지개를 뜨게 만들지만 그 무지개는 대개
흰색이거나 색이 있어도 아주 옅을 뿐이다. 그러나 그 역시 빛의 작용으로 나타난 무
지개이며 이 짐에서 노인의 백발에 비유된다.

사랑스러운 것[21]

저기 저 언덕과 하늘을 연결해 주는
알록달록한 것이 무엇인가?
아침 안개가 눈에 어려
또렷이 보이질 않는다.

저것은 사랑하는 여인들에게
바지르[22]가 지어 준 천막인가?
사랑하는 여인과 결혼할 때
잔치에 쓴 양탄자인가?

붉고 희고 알록달록하니
이보다 더 아름다운 것을 본 적이 없다.
하피스여, 어떻게 그대의 고향 쉬라즈[23]가

---

21) 이 시는 괴테가 1814년 7월 바이마르에서 아이제나흐로 가는 여행길에 에어푸르트
를 지나며 느낀 체험을 바탕으로 썼다. 그 전에 나폴레옹 군대와 연합군이 에어푸르
트 들판을 지나갔는데도 들판은 온통 꽃으로 덮여 있었다. 이 체험을 시화하면서 괴
테는 평화로운 풍경과 파괴적인 전쟁을 대비시킨다. 괴테가 『서동 시집』에서 시도하
고 있는 '동서양의 넘나듦과 결합'이라는 의미에서도 이 시는 중요하다. 독일의 자연
속에서 바지르의 천막과 하피스의 고향을 떠올리는 것은 당시의 괴테의 생각 속에 동
방이 얼마나 큰 자리를 차지했는지를 보여 준다. 이런 점에서 인간의 본질이 동양과
서양, 현재와 과거라는 시간적, 공간적 차이에도 분리되지 않는다는 괴테의 생각을
잘 드러내는 시이다.
22) 아랍어로 장관, 재상이라는 뜻이다.

이곳 북쪽의 음산한 땅으로 옮겨 왔을까?

아하, 저기 나란히 펼쳐져 있는 것은
울긋불긋한 양귀비꽃
전쟁의 신을 조롱이라도 하듯
줄지어 다정히 들판을 덮고 있다.

현명한 이 있어 늘 이 꽃들을
이렇듯 유용하게 가꾸어 주었으면!
오늘처럼 햇살이 비치어
내 가는 길 위의 꽃들을 밝혀 주었으면!

---

23) 페르시아 만에 위치한 하피스의 고향으로 과일, 포도주, 꽃으로 유명하다.

분열[24)

왼편 시냇가에서
큐피드가 피리를 불고
오른편 들판에서
마르스[25)가 진군나팔을 울린다
내 귀는 냇가 쪽으로
기분 좋게 이끌리지만
만발한 노래 주위는
소음으로 가득하다.
전쟁의 뇌성 속에서
피리 소리 또한 점점 커지니
나는 미칠 것만 같다.
그게 이상한 일인가?
피리 소리 점점 커지고
진군나팔 소리도 더욱 커지니
나는 혼란스러워 거의 미쳐 버렸다.
그게 놀랄 일인가?

---

24) 앞의 시와 마찬가지로 전쟁과 평화를 대립시키고 있다.
25) 전쟁의 신이다.

지나간 일들의 되살아남[26)]

아침 이슬에 젖은 장미와 백합
내 곁의 정원에 피어 있고
그 뒤로 수풀에 싸여
우뚝 솟은 아늑한 바위.
바위 위 높다란 숲과
기사의 성을 왕관처럼 이고 있는 산봉우리.
그 능선이 흘러내려
계곡과 만나 화해를 한다.

아주 오래전의 향기가 나는 듯하다
우리가 아직 사랑에 괴로워하던 시절
내 하프의 현이 아침 햇살과
서로 다투던 그 시절의 향기가.
수풀 속에서 사냥 노래가

---

26) 앞의 시들처럼 순간적으로 관찰한 이미지가 과거에 체험한 일들에 대한 회상으로
넘어가고 그 과정에서 일반적인 것, 늘상 반복되는 것에 대한 성찰에 이른다. 어법도
독백에서 다른 사람에게 말하는 방식으로 바뀐다. 시적인 부드러움, 사상적 성찰, 교
훈적인 면, 유쾌한 가벼움 등이 한데 어우러져 괴테 노년 시의 정수를 잘 보여 준다.
이슬이 맺히는 아침에 시작하여 하루의 완성으로 끝나고, 풍경의 묘사도 꽃, 바위,
성, 산봉우리로 점점 확대되며, 시간상으로도 현재에서 과거 그리고 다시 보편적 현
재로 이어지는 순환 구조를 지니고 있다. 특히 1연과 2연은 『서동 시집』에 수록된 시
들 중에서도 매우 뛰어난 표현으로 평가된다.

둥그렇고 충만하게 울려 퍼져
우리 가슴이 원하고 필요로 했던
격려와 활기를 불어넣어 주던
그 시절의 향기가.

지금도 숲은 영원히 싹을 틔우니
숲과 더불어 그대들도 기운을 내게.
그대들이 혼자서 즐기던 것을
다른 이들[27]도 즐기게 해 주게.
그러면 혼자서만 즐긴다고
나무라는 이 아무도 없으리라.
이제 삶의 모든 단계마다
그대들은 즐길 수 있어야 한다.

이러한 노래와 이러한 표현으로
우리는 다시 하피스 곁으로 왔다.
하루의 완성을 즐기는 이들과
더불어 함께 즐김이 옳기 때문이다.

---

27) 숲의 새싹처럼 노년 세대를 잇는 젊은 세대들을 말한다.

노래와 형상[28]

그리스인들이 점토로
형상을 빚어내어
자신들의 손에서 나온
아들을 보며 황홀해했다면,

우리의 지극한 기쁨은
유프라테스 강에 몸을 담그고
흐르는 물속에서
이리저리 흔들리는 것.

그렇게 내 영혼의 불을 가라앉히면
노래, 노래가 울려 퍼진다.
시인의 순수한 손이 길어 올리면
물도 둥그렇게 형상화된다.

---

28) 노래와 형상이라는 두 개념의 차이를 구체적으로 그리스와 동방, 점토와 물, 조형
예술과 시의 대립을 통해 보여 준다. 마지막 연에서는 형상물을 창조하는 능력, 즉
형태가 없는 것에서 형태를 창조해 내는 능력을 부여하며 시인의 손으로 두 가지 대
립을 지양할 수 있는 가능성을 예시하고 있다. 괴테는 이러한 시인의 능력을 순수함
과 결부시키는데, 이는 그가 바이마르 시대 이후 추구해 온 순수함의 모티프와 관련
이 있다. 이 모티프는 도덕적 교양, 예술 창조, 자연관에 대한 괴테 사상의 근본을
이룬다.

자신만만함[29]

건강해지려면
무엇을 해야 하나?
완성된 화음의 울림을
누구나 즐겨 듣지 않는가.

그대 가는 길 막는 것을 모두 치워라!
쓰잘 데 없는 노력도 집어치워라!
노래를 시작하고 끝내기 전에
시인은 우선 삶을 살아야 한다.

그러면 삶의 지고한 울림이
영혼을 뚫고 울려 퍼지리라!
시인은 가슴에 불안을 느껴도
시로써 화해를 이루리라.

---

29) 이 시 역시 시작(詩作)과 시인에 대해 이야기하고 있다. '자신만만함(Dreistigkeit)'
은 원래 '뻔뻔함, 대담함' 등의 의미로 사용되나 괴테는 이 단어를 '확신, 대담함,
자기 신뢰'의 의미로 사용한다. 자신감이라는 모티프는 『서동 시집』 전체에 걸쳐 계
속 나온다. 시인은 시를 씀으로써 자신을 치유한다는, 마지막 연의 모티프는 앞의 두
연과 연결된다. 즉, 삶과 시 쓰는 일이 조화를 이룰 때 건강해질 수 있다는 것이다.

굳세고 힘차게[30)]

시 쓰는 일은 자신만만함이니
아무도 나를 비난 말라!
나처럼 즐겁고 자유롭게
그대들도 뜨거운 피를 갖게나.

매 순간의 고통이
쓰디쓰게 느껴졌다면
나 역시 그대들 누구보다도 더욱
겸손해졌을 것이다.

겸손이란 좋은 것이어서
처녀가 꽃처럼 피어날 때면
감미롭게 구애받고 싶지
거친 이는 피하고 싶은 법이니까.

겸손이란 또한 좋은 것이라고
시간과 영원에 대해
가르침 주시는

---

30) 제목으로 쓰인 '굳센(derb)'이라는 단어를 괴테는 '곧은, 강한, 혈기 왕성한'이라는
의미로 사용한다. 이 시는 앞의 시 「자신만만함」과 마찬가지로 시인의 자신감이 주요
모티프를 이룬다.

현자도 말씀하신다.

그러나 시 쓰는 일은 자신만만함이네!
그러니 그대 혼자 하게나.
맑은 피의 친구여, 여인이여,
이리 들어오시게나!

두건도 수도복도 걸치지 않은 땡중아[31]
나를 설복하려 들지 말라!
나를 녹초로 만들 수 있다 해도
겸손하게 만들 수는 절대 없으리!

공허한 그대들의 말은
정나미가 떨어진다
그런 말을 나는 예전부터
신물나게 잘 알고 있다.

시인의 물레방아가 돌아갈 때면
그것을 멈추려 말라.

---

31) 수도사도 아니면서 비판과 경고를 즐기는 이들을 일컫는다.

일단 우리를 이해하는 이는
또한 우리를 용서하리라.

세상 만물

만물의 한 원소인 먼지[32]를
하피스여, 사랑하는 이를 위해
아름다운 노래를 지을 때면
그대는 참으로 노련하게 다루는구려.

그녀의 집 문지방의 먼지를
마하무드[33]의 후계자들이
무릎 꿇고 기도하는 양탄자와
그 위에 수놓인 금박 꽃무늬보다 더 좋아하니 말이오.

그녀의 문에 바람이 일어
먼지가 자욱이 일어나면
그대에겐 그 향기가
사향보다 장미 기름보다 더 좋은가 보구려.

---

32) 먼지의 모티프는 하피스의 시에 자주 등장하는데, 특히 연인의 집 문과 연관된 경우가 많다. 괴테는 하피스의 시에 나오는 먼지의 모티프를 이 시에서 취해 요약하고 있다.
33) 아랍어로 '칭송받는 이'라는 뜻이다. 마호메트의 후계자들을 칭하는 이름이기도 하다. 마호메트는 이슬람교의 창시자로 모하메드, 무하마드 등 여러 가지로 표기된다. 이 중 아랍어에 가까운 발음은 무하마드이지만 이 번역본에서는 마호메트로 표기한다.

늘 구름에 싸인 우중충한 이 북쪽 나라에서
그 먼지를 나는 오래 그리워했다네.
뜨거운 남쪽[34] 지방에 갔을 땐
먼지가 내게도 차고 넘쳤지.

돌쩌귀 위의 사랑스러운 문이
열리지 않은 지 꽤 오래되었네!
뇌우여, 나를 구원해 주게[35]
신선한 초록 내음을 맡게 해 주렴!

이제 천둥이 울리고
온 하늘이 번쩍이면
세찬 먼지 바람이
촉촉이 땅으로 스며든다.

이어 하나의 생명이 생겨나고

---

34) 이탈리아 여행에서 괴테는 그곳의 먼지와 건조함을 특이하게 느꼈는데 이 경험을
  하피스의 시에 나오는 먼지의 모티프와 연결하고 있다.
35) 먼지가 뇌우와 결합해 새로운 생명을 잉태한다는 모티프를 상징적으로 드러낸다.
  메마른 땅과 퍼붓는 비의 결합이 아슴푸레한 내음을 풍기고 풀을 돋게 해 생명을 창
  조한다는 의미이다.

성스럽고 신비로운 움직임이 일어나
이 이승의 땅 도처에
초록 내음 나고 푸른 싹이 돋는구나.

복된 동경[36]

아무에게도 말고 현자에게만 말하게
뭇사람들이 그대를 조롱할 테니까
불꽃 속의 죽음을 동경하는 생명체를
나 이제 찬양하련다.

네가 잉태되고, 너 또한 생명을 잉태한
사랑의 밤이 타오른 후의 서늘함 속에서
촛불이 조용히 타오를 때면
묘한 느낌이 너를 엄습한다.

그러면 너는 더 이상
어둠의 그늘에 머물지 않고,

---

36) '복된(selig)'이라는 단어는 괴테 시대나 괴테 자신의 표현에서 모두 오늘날보다 훨씬 더 종교적인 의미로 쓰였다. 이 시가 「시인 시편」의 끝에 놓여 있다는 사실은 특별한 의미가 있는데, 이 시 속에 시편 전체의 주제가 압축되어 있기 때문이다. 이 시에는 『서동 시집』의 가장 심오한 모티프들인 '사랑'과 '종교적 지향', 즉 다른 존재에 대한 동경이 압축되어 있으며 그 점에서 다음에 이어지는 시편들과 연결된다. 이 시의 독특한 점은 사랑과 종교적 모티프를 분리하지 않고 두 영역의 내적 연관성을 암시한다는 데 있다. 사랑과 종교적 승화, 어둠과 빛이 대립하면서 하나로 합일되는 과정을 나비가 불꽃 속에서 타 죽는 것에 비유하고 있다. 특히 "죽어서 살아나라 (Strib und Werde!)"라는 표현은 이 시의 핵심 구절로, 빛을 찾아 죽음으로써 새로운 존재 혹은 새로운 삶에 도달한다는 의미를 축약하고 있다.

보다 높은 결합에 대한 열망이
너를 새롭게 사로잡는다.

아무리 멀어도 문제가 아니다
마법에라도 홀린 듯 너는 날아와
마침내 빛을 탐하며
너, 나비여, 불타 죽는다.

죽어서 살아나라!
그러지 않는 한
너는 어두운 이 지상의
희미한[37] 손님일 따름.

---

37) 빛을 완전히 통과시키지 못하고 반쯤만 통과시키는 불투명한 상태로, 이승의 물질
적 세계에 여전히 얽매여 신적인 빛의 영역에 이르지 못한 상태를 의미한다. 자신의
몸을 불태워 빛을 내는 촛불이나, 밝은 빛을 찾아 촛불에 뛰어들어 스스로를 불태우
는 나비처럼 자신을 던져 새로운 것이 되지 못한 상태를 뜻한다.

사탕수수가 자라나
세상을 달콤하게 만든다!
나의 펜대에서도
사랑스러움이 흘러나올 수 있기를!

하피스 시편³⁸⁾

언어가 신부라면
정신은 신랑
하피스를 찬양하는 이는
이 혼인을 잘 알고 있다

38) *Hafis Nameh. Buch Hafis*. 「시인 시편」이 시인과 동방의 인연을 다루고 있다면, 「하피스 시편」에서는 시인과 하피스의 만남이 주제가 된다. 괴테는 하피스와의 교감을 통해 쓴 초기 시들을 「하피스 시편」으로 모아 놓았다. 서방의 시인 괴테가 동방의 시인에게 끌린 이유는 하피스의 교조적이지 않은 종교성과 세속적이면서도 정신적으로 해석될 수 있는 시의 주제, 외적 형식과 내적 형식에 대한 친근감 때문이다.

별명

시인
모하메드 셈세딘[39]이여, 말해 주오.
왜 그대의 민족이, 고귀한 민족이
그대를 하피스라 부르는지.

하피스
　　　　　경의를 표하며
그대의 질문에 답해 보리다.
내가 코란 속 유산을
행복하게도 온전히 기억 속에
간직하고 있기 때문이라오.
일상의 추악함이
나뿐만 아니라
예언자의 말과 그 씨앗을
소중히 여기는 이들까지
건드리지 못하게끔
경건하게 행동하기 때문이라오.
그리하여 내게 그런 이름이 붙은 것이라오.

---

39) 하피스의 본명이다. 셈세딘은 '믿음의 태양'이라는 뜻이다. 하피스라는 별명은 나중에 붙은 것으로 '코란을 외워 읊을 수 있는 이'라는 뜻이다.

시인

하피스여, 그렇다면 나도

그대와 다르지 않습니다.[40]

생각이 같으면

서로 닮는 것처럼

나는 그대와 완전히 닮았네요.

나 또한 우리 성스러운 책들[41]의

그 황홀한 모습을

수건 중의 수건[42] 위에

예수의 모습이 새겨지듯 받아들이고

오로지 믿음의 밝은 상(像)[43]을 통하여

온갖 부인과 방해와 약탈에도 불구하고[44]

---

40) 괴테는 성서와 자신의 관계에서 하피스와의 공통점을 찾으려 한다.

41) 성서를 말한다. 괴테는 『시와 진실』에서 자신의 도덕적 교양 형성에 이바지한 유일
한 근거라며 높이 성서를 평가했다.

42) 성 베로니카의 수건을 가리킨다. 예수가 십자가를 지고 골고다 언덕을 올라갈 때
베로니카가 수건으로 예수의 얼굴을 닦아 주었는데 그때 수건 위에 예수의 얼굴이 새
겨졌다고 한다.

43) 성경에 등장하는 많은 이야기들을 의미한다.

44) 괴테는 당시의 기독교와는 다른 입장에서 성서를 평가했지만 당시에 유행하던, 성
서를 함부로 비판하는 사조에 대해서 역시 단호히 반대하는 입장이었다. 여기서 언급
된 "부인"은 18세기의 유물론이 성서를 부정하는 것과 관련되고, "방해"와 "약탈"은
자연종교론이 성서를 제멋대로 비판하고 새로운 이론을 세운 것과 관련된다. 괴테

고요한 가슴에 생기를 얻습니다.

는 성서를 무작정 신격화하는 것에 반대하고 어렸을 적부터 성서를 비판적으로 읽어
왔으나 무분별한 비판으로 성서의 예언적 내용과 풍부한 시적 내용이 훼손되는 것 또
한 반대하였다. 그는 『시와 진실』에서 "구약의 힘찬 자연스러움과 신약의 부드러운
소박함"이 특히 자신에게 와 닿았고, 이러한 정감을 통해 성서에 대한 비판과 조롱이
갖는 불합리성을 간파하고 성서를 옹호할 수 있다고 말한다.

탄핵[45]

너희들은 아는가, 악마들이 사막에서
바위와 성벽 사이에서 누구를 노리는지?
그들을 유혹해서 지옥으로 데려가려고
악마가 어떻게 기회를 노리고 있는지?
악마는 바로 거짓말쟁이와 악한들을 노린다.

그런데 저 시인은 왜 그런 자들과
거리낌 없이 어울리는가!

저자는 언제나 미몽 속에서 행동하니
자신이 누구와 어울리는지 알기나 할까?
그러니 제멋대로 사랑하고
한정도 없이 황야를 헤매며
모래 위에 쓴 한탄의 노래는
곧바로 바람에 날려 가 버리지.
저자는 자신이 무슨 말을 하는지도 모르고
자신이 말한 것도 지키지 못하는구나.

---

45) 시와 종교의 관계를 계속해서 다루고 있다. 이 점에서 이어지는 세 편의 시와도 밀
접한 연관이 있다. 이 시는 시인에 대한 교조주의자들의 비판을 다루고 있다. 특히
하피스가 올바른 신앙의 테두리 안에 있지 않다고 비난하는 이슬람 교조주의자들의
주장을 그대로 소개하는데 다음 시에서 그 반론을 다루기 위해서다.

그런데 코란에 위배되는 그의 노래를
사람들이 그냥 놓아두다니.
그대들, 계율을 아는 이들이여,
현명하고 경건하며 학식 높은 이들이여,
신실한 모슬렘의 굳건한 의무를 가르쳐 주어라.

하피스는 특히 골칫거리를 만들어 내고
미르자[46]는 정신을 모호하게 망쳐 버리니
말해 주어라, 무엇을 하고 무엇을 하지 말아야 할지.

---

46) 페르시아 시인의 이름이다. 같은 이름을 가진 이가 여럿 있다.

판결[47]

하피스의 노래는
지울 수 없는 분명한 진리를 담고 있다
그러나 몇 군데 사소한 것들은
계율의 경계를 벗어나 있기도 하다.
안전을 위해서 그대들은
뱀의 독과 테리아카[48]를 구별할 줄 알아야 한다.
그러니 고귀한 행동의 순수한 쾌락에는
기쁜 마음으로 자신을 맡기고
영원한 고통만이 뒤따르는 쾌락에는
신중한 마음으로 자신을 지키는 것이
잘못되지 않기 위한 최선의 길이다.
이것을 가련한 에부수우드가 썼으니

---

47) 앞 시에서 시인에게 가해진 비판에 대한 '공식적인 교회 기관의 평가(Fetwa)'를 말한다. 실제로 동방에서는 비판이 제기될 경우 교회의 감정을 요청할 수 있었다. 16세기에 오스만 정교도들이 하피스에 대한 교회의 평가를 요청했을 때 콘스탄티노플의 무프티(이슬람의 법률학자)인 에부수우드 에펜디가 공식 평가를 한 바 있다. 괴테는 특히 에부수우드의 평가를 마음에 들어했는데, 그가 하피스의 시를 비난하지 않고 대신에 비판적으로 읽을 것을 충고하고 있기 때문이다. 이 시에 표현된 하피스에 대한 평가는 에부수우드가 쓴 평가서의 내용을 그대로 축약한 것이다. 특히 시인의 말이 아닌 인간들 자신의 행위가 해를 끼치는 것이므로 각자 자신의 행위에 책임을 져야 한다는 평가에 공감했다.
48) 뱀의 독을 푸는 해독제이다. 뱀의 독과 아편으로 만든다고 한다.

신이여 그의 모든 죄를 사하여 주소서.[49]

---

49) 마지막 두 행 역시 에부수우드의 평가서에 나오는 구절을 괴테가 조금 변형했다.
에부수우드의 평가서에는 다음과 같이 쓰여 있다. "이것을 가련한 에부수우드가 썼습
니다. 신께서 그의 죄를 사해 주실 것입니다."

독일인이 감사드립니다

성스러운 에부수우드여, 참으로 잘 보셨습니다!
바로 당신 같은 성자를 이 시인은 원합니다.
계율의 경계를 벗어난
그러한 사소한 사항들은
시인이 기분에 들떠
슬픔 속에서도 즐거움게
활동하여 나온 유산일 뿐입니다.
뱀의 독과 테리아카는
시인에겐 똑같을 뿐입니다.
뱀의 독이 죽음을 가져오지도
해독제가 치료해 주지도 않습니다.
진정한 삶이란
자신 외에는 그 누구도 해치지 않는
영원히 순수한 행동이기 때문입니다.
그래서 이 늙은 시인은 그저
후리들이 천국에서 저를
멋진 젊은이로 맞아 주기만 바랄 뿐입니다.
성스러운 에부수우드여, 참으로 잘 보셨습니다!

판결[50]

율법 학자가 미스리의 시를
한 편 한 편 모두 읽고는
곰곰 생각한 다음 모두 불 속에 던져 버렸다
그래서 아름다운 책이 사라져 버렸다.

"미스리처럼 말하고 믿는 자들은 누구든 불태워 버리리라."
그 높은 판관께서 말씀하셨다.
"그러나 미스리만은
불의 고통에서 예외가 되리라.
알라신이 모든 시인에게 재능을 주셨기에
그가 재능을 잘못 사용하여

---

50) 이 시 역시 실제 존재하는 율법 학자의 평가서를 토대로 하고 있다. 미스리는 터키의 시인으로 그의 발언과 시의 내용 때문에 진정한 모슬렘이 아니라는 의심을 받게 되었다. 그의 시가 코란에 위반되는지 율법 학자가 결정해야 했는데 율법 학자는 다음과 같은 판결을 내렸다. "이 시들의 의미와 내용은 신과 미스리 외에는 알지 못한다." 이 판결로 미스리의 시는 발표될 수 있었다. 그러나 다음과 같은 경고문을 포함한다는 조건에서였다. "율법 학자는 이 시와 글 들을 읽은 후 그것들을 불 속에 던져넣고 다음과 같은 평가서를 썼다. '미스리처럼 말하고 믿는 이는 불 속에 던져져야 한다. 미스리는 예외이다. 왜냐하면 열광적으로 받아들인 것들에 대해서는 평가서가 판단할 수 없기 때문이다.'" 이와 같이 미스리의 시에 대한 평가에서 율법 학자는 현명한 처방을 내렸다. 그는 미스리의 시를 불태우는 상징적 행위를 통해 그 내용을 부정하지만, 한편으로는 미스리가 자신이 원하는 대로 쓰도록 허락한다. 결국 예술의 독자성을 인정하는 것으로 이 점에서 앞에 나온 다섯 편의 시들과 연관이 있다.

죄 가운데 방황할지라도
결국 신에 순응하는 길을 찾으리라.”

무한하게[51]

끝낼 수 없음이 그대를 위대하게 만들고
결코 시작하지 않음은 그대의 운명입니다.
그대의 노래는 별들의 궁륭처럼 돌고 돌아
시작과 끝이 언제나 하나이고
중간에 있는 것 또한 분명히
끝이며 처음에 있었던 것입니다.

그대는 기쁨이요, 진정한 시인의 샘
끝없는 물결이 그대에게서 흘러나옵니다.
그대는 언제라도 입 맞출 준비가 된 입술,
사랑스럽게 흘러나오는 다정한 노래,
술 마시고 싶어 늘 갈증 난 목구멍,
자유로이 흘러넘치는 선량한 마음.

---

51) 이 시는 괴테가 하피스를 알게 되고 그의 시작과 기법을 받아들여 새로운 시를 쓰
는 과정을 다루고 있다. 이 시가 모자이크처럼 구성된 것도 하피스적 특징이다. 만화
경과 같이 다양한 상을 제시하고 순환 구조를 취하며, 하피스의 시에 나타나는 모티
프들을 열거하는 등의 방식(7~18행)이 그 특징을 잘 보여 준다. 괴테가 고전주의 시
기에 쓴 작품은 상승이나 하강 구조를 갖는 반면에 『서동 시집』과 같은 노년의 작품
에서는 순환 구조가 나타난다. 하나의 모티프는 다른 모티프를 암시하고, 그에 따라
순서 역시 뒤바꿀 수 있는 구조이다. 하피스의 시에서도 모티프들은 시작과 끝이 없
이 순환하며 다른 모티프들과 관련을 맺는다.

온 세상이 가라앉아 버린다 해도
하피스여, 나는 그대와, 오직 그대와
겨뤄 보고 싶습니다! 기쁨과 고통은 우리에게
우리들 쌍둥이에겐 똑같은 것!
그대처럼 사랑하고 그대처럼 술 마시는 것
그것은 나의 자랑, 나의 삶이 될 것입니다.

이제 스스로 타오르는 노래를 부르라!
그대는 옛 시인이자 새 시인이니.[52]

---

52) 괴테와 하피스가 '쌍둥이'처럼 닮아 있기에 괴테의 '새로운' 노래는 곧 하피스의
   '오래된' 노래로 촉발되어 형상을 얻은 새로운 노래인 것이다.

모방[53]

그대의 시작법을 나도 배우렵니다
운의 반복[54] 또한 내 마음에 듭니다
우선 의미를, 다음에 표현을 찾겠어요
같은 음이 두 번 나와선 안 되지요
아니면 특별한 의미를 밝혀야 합니다
누구보다 그대가 능숙하게 한 것처럼.

한 점의 불꽃이 점화되어[55]
불길이 거세게 솟아오르고
바람을 일으키며 활활 타올라
황제의 도시를 불사른 뒤에
소진되어 밤하늘로 사라진 것처럼
영원한 불길이 그대로부터 휘돌아 나와
이 독일인의 가슴에 새로이 용기를 북돋아 줍니다.

---

53) 하피스와 내적으로 느끼는 친밀감은 괴테가 하피스의 시 형식인 가젤을 받아들이는
것으로 이어진다. 괴테는 이 형식 문제만큼은 매우 조심스럽게 접근하는데, 이 시에
서는 하피스의 시 형식 중 운을 시험해 보고 있다. 1행부터 10행까지 두 개의 운이
반복되어 가젤의 운 반복을 연상시킨다.
54) 일반적으로 서양의 시에서는 같은 단어를 반복하지 않고 같은 뜻의 다른 단어를 쓰
는 것이 정석이나 가젤에서는 동일한 단어가 반복되기도 한다.
55) 1812년 모스크바에서 일어났던 화재를 암시한다. 이 화재로 나폴레옹의 러시아 원
정은 결정적인 패배 국면을 맞이했다.

잘 맞춘 리듬은 아주 매력적이어서
재능은 거기서 기쁨을 누린다.
하지만 피도 의미도 없는 공허한 가면이라
얼마나 쉽사리 싫증나는가.
새로운 형식을 생각해 내서
죽은 형식에 종지부를 찍지 않는다면[56]
정신조차도 기쁘지 않으리라.

---

56) 이 시는 가젤 형식을 그대로 모방하여 썼다. 결국 고전주의 시 형식(6운각 시구와
2행시)에 대한 거부를 뜻한다.

명백한 비밀[57)]

성스러운 하피스여, 사람들이 그대를
신비로운 혀라 불렀는데
말을 아는 학자들이
말의 가치는 몰랐구려.

그들이 그대를 신비롭다 함은
그대의 시를 우스꽝스럽게 해석하고
순수하지 못한 자신들의 포도주[58)]에
그대의 이름을 붙이기 때문이지요.

그러나 그대가 신비롭고 순수한 것은[59)]
그들이 그대를 이해하지 못해서입니다.
경건하지[60)] 않으면서 신심이 있는 그대!

---

57) 원래의 제목은 「신비로운 혀」이다.
58) 하피스가 어리석고 어두운 시를 쓴다며 해설자들이 비판한 것을 의미한다. 괴테는
    이것이 단지 해설자들만의 생각이며, 그래서 순수하지 못하다고 말한다.
59) 앞 연에서는 "신비로운"이 "순수하지 못한"과 같은 의미로 쓰였다. 하지만 이 연에
    서 "신비롭고 순수한"이라는 표현으로 '신비로운'이라는 단어는 새로운 의미를 얻는
    다. 하피스 시의 해설자들은 그의 시에서 어둡고 어리석은 면을 보고 그것을 알레고
    리화해서 신비적이라 했지만 괴테는 다른 의미에서 그를 신비적이라 한다. 스쳐 지나
    가는 모든 것에서 신의 비유를 보고, 세속적인 것에서 신의 질서를 본다는 점이 신비
    롭다는 것이다.

그 점을 그들은 인정하지 않으려는 것입니다.

---

60) '경건하다(fromm)'는 '교회의 의무에 충실한'이라는 뜻으로 쓰였다.

눈짓[61]

하기야 내가 비난하는 그들이 옳다.
말이란 별 가치가 없음은
너무도 자명하기 때문.
말이란 부채와 같은 것! 부챗살 사이로
아름다운 두 눈이 빛난다.
부채는 단지 사랑스러운 베일일 뿐
얼굴은 가릴지라도
여인을 감추진 못하는 법.
그녀가 지닌 가장 아름다운 것
그녀의 눈이 내 눈에 빛나기 때문.

---

61) 앞 시를 보충하고 있다. 첫 세 행에서는 앞 시의 해설자들 견해에 일단 수긍하며, 시의 언어란 그 자체로는 중요한 의미가 없다는 데 동조한다. 시어의 의미는 표면상으로 드러나는 것이 아니라 전달하고 중개하는 데 있다는 말이다. 하지만 4행부터 부채의 비유를 통해 시어의 의미를 다시 한 번 성찰한다. 부채는 처녀의 얼굴을 가리지만 부챗살 사이로 얼굴의 가장 중요한 부분인 눈은 더욱 또렷이 드러나게 한다. 마찬가지로 시어도 어떤 고정된 상에 고착되지 않고 부가적인 것, 상대적으로 중요하지 않은 것을 감싸고 있다는 것이다. 궁극적으로는 살아 있는 중심점을 향해 집중되는데 이 시에서는 그 중심이 눈으로 표현되고 있다. 이 시는 철학적 논증이나 논리적 설명을 통해서가 아니라 부채라는 아름다운 상을 통해 이 성찰을 드러낸다는 점에서 상징적 의미가 있다. 또한 이 시는 시와 시어에 대한 성찰을 넘어서 연인과 사랑에 대한 모티프도 함께 다룬다. 연인의 아름다운 눈과 남녀 간 눈의 교감을 중심에 놓아 감각적인 것이 정신적이고 초감각적인 것과 결합되는 상태를 보여 준다. 이것은 괴테의 문학과 문학론이 삶과 밀접한 관계가 있음을 보여 주는 예이기도 하다.

하피스에게[62]

모두들 무엇을 원하는지
그대는 이미 잘 알고 잘 이해하였습니다.
그리움이 우리 모두를, 하찮은 이에서 왕까지
강한 끈으로 묶어 주니까요.

그리움은 그토록 고통스럽다가 나중엔 즐거우니
누가 그것을 거역하겠어요?
누군가가 목이 부러졌다 해도
다른 이는 무모하게 달려듭니다.

용서하세요, 시의 대가여
살랑이는 저 실측백나무[63]가
반짝이며 내 눈을 사로잡을 때면
내가 종종 무모해지는 것을.

---

62) 이 시는 하피스 정신세계의 주요 모티프를 요약하면서 뒤이어 나오는 「사랑 시편」,
「성찰 시편」 등의 시편에서 다룰 여러 주제들을 제시한다. 따라서 여러 주제가 이 한
편의 시에 집약되어 있다. 즉, 사랑에 대한 열망(1~6행), 사랑의 운명(7~8행), 연인
의 형상(9~16행), 연인의 얼굴(17~22행), 연인의 노래(23~32행), 포도주(33~36행),
사랑받는 소년(37~40행), 그와의 교육적 관계(41~44행), 다른 사상가들과의 정신적
공동체(45~48행), 군주에 대한 친근감과 찬양(49~52행), 만남의 모티프(55행) 등이
하피스의 시와 같은 방식으로 느슨하게 배열되어 있다.
63) 사랑하는 연인을 상징한다.

그녀의 발은 실뿌리처럼
대지를 부드럽게 희롱하고
그녀의 인사 가벼운 구름처럼 녹아내리니
그녀의 찬가는 동방의 애무와 같습니다.

이 모든 것이 예감에 가득 차 다가와서
하늘하늘한 곱슬머리 물결치며
충만한 갈색으로 둥그렇게 부풀어 올라
바람 속에서 속살거립니다.

마침내 이마 훤히 드러나면
그대의 가슴도 환해지고
그대의 정신을 잠재울
기쁘고 진실한 노래가 들립니다.

그때 그녀의 입술이 열려
미세하게 떨리기라도 하면
그대를 단숨에 사로잡아
사슬에 몸을 맡기게 합니다.

숨결은 제자리로 돌아오지 않고

영혼이 영혼으로 달아나고
향기는 행복 속으로 굽이치며
보이지 않게 구름처럼 지나갑니다.

그래도 가슴이 활활 타오를 때면
그대는 술잔을 집어 들고
그때마다 술 따르는 소년이 달려와
한 번이고 두 번이고 술을 따라 줍니다.

소년의 눈은 빛나고, 심장은 고동치며
그대의 가르침을 열망합니다
포도주가 정신을 고양할 때
그대의 지고한 말을 듣고자 합니다.

그에게 우주의 공간이 열리고
구원과 질서가 내면으로 들어와
가슴이 부풀어 오르고, 솜털 수염은 갈색이 되어
소년은 이제 젊은이가 됩니다.

마음과 세상이 품고 있는 비밀이
그대에게 남아 있지 않을 때면

그대는 사려 깊은 이에게 다정히 알려 주어
그 뜻이 드러나게 해 줍니다.

또한 왕의 보물이
권좌에서 사라지지 않게
그대는 왕에게 충언을 바치고
대신에게도 또한 좋은 말을 해 줍니다.

그대는 이 모든 것을 알고 노래하며
내일도 또한 노래할 것입니다.
그리하여 그대가 함께하기에 우리는
거칠고 부드러운 삶을 헤쳐 나갑니다.

사랑 시편[64)

말해 주오
내 마음이 무엇을 갈망하는지
내 마음 그대에게 있으니
소중히 간직해 주오

64) *Uschk Nameh. Buch der Liebe.* 이 시편에서는 전설로 남은 동방의 여러 연인들이
등장한다. 세속적 사랑의 종교적 승화는 하피스 시의 주요 모티프 가운데 하나였다.

모범적인 예들

잘 듣고 명심하게
　　여섯 쌍 연인들의 사랑 이야기를.
말이 불을 지펴 불타오른 사랑
　　루스탐과 로다부. [65]
알지 못하던 이들이 서로 가까워진 사랑
　　유소프와 줄라이카. [66]
죽도록 사랑하면서 이루지 못한 사랑
　　파르하드와 쉬린. [67]
오직 서로만을 위해 존재하는 사랑
　　마즈눈과 라일라. [68]
늙어서도 넘쳐 나는 사랑

---

65) 아름다운 로다부와 영웅 잘 사이의 사랑 이야기로 그들은 처음 만나 대화만으로 사랑에 빠졌다. 둘의 사랑으로 페르시아의 영웅인 루스탐이 태어났다. 괴테가 이 시에서 루스탐과 로다부의 사랑이라 했는데, '잘'을 '루스탐'으로 오해한 것 같다.

66) 성경에 나오는 요셉과 그의 부인 포키파르의 이야기는 동방에도 전파되어 변형되었다. 줄라이카는 꿈속에서 미리 유소프를 본다. 그 후 그를 실제로 만난 줄라이카는 사랑의 격정에 휩싸이나 그 감정을 혼자 간직한다. 이 사랑이 이루어질 수 없음을 깨닫자 그녀는 아름다운 젊은이에 대한 사랑을 아름다움 자체에 대한 사랑으로, 결국은 신에 대한 사랑으로 승화해 이슬람교에 귀의한다.

67) 조각가이며 건축가인 파르하드는 공주 쉬린을 사랑하는데, 그녀는 영주 코스루의 아내가 된다. 그녀와 떨어져 있어야 하는 고통은 그녀가 죽었다는 잘못된 소식을 전해 듣자 더욱 커지고, 결국 파르하드는 스스로 목숨을 끊는다. 그러자 쉬린 역시 죽음을 택한다. 그녀 역시 그를 사랑했기 때문이다.

제밀과 보타이나.[69]

달콤한 사랑의 기분

솔로몬과 갈색의 여인![70]

이들의 사랑 이야기를 잘 새겨 둔다면

사랑할 때 큰 힘이 되리라.

---

68) 마즈눈과 라일라는 로미오와 줄리엣처럼 서로 사랑하지만 가문의 문제 때문에 결합
하지 못한다. 라일라는 가족의 강요로 사랑하지 않는 남자와 결혼하고 마즈눈은 사막
으로 도망가서 거의 미치광이가 된다. 그 후 둘은 잠깐 재회하지만 결국은 희망도 없
이 헤어진다. 결국 이승에서 이루지 못한 그들의 사랑은 천국에서 결실을 맺는다.

69) 제밀과 보타이나는 일생 동안 정열적으로 서로 사랑했으며 늙어서도 사랑이 식지
않았다. 둘의 사랑이 유명해지자 교주 압달마렉이 보타이나를 보려고 불렀다. 그런데
그의 눈에는 그녀가 매력적으로 보이지 않아 즉흥시로 이 점을 노래했고, 이에 보타
이나도 재치 있게 같은 방식으로 답했다 한다.

70) 솔로몬 왕과 그 왕비, 자바의 여왕 간의 사랑 이야기를 말한다. 이 이야기는 페르
시아에서도 전설로 널리 퍼져 있어서 자세한 설명이 많다.

또 한 쌍의 연인

사랑이야말로 위대한 업적!
누가 이보다 더 아름다운 수확을 얻을 수 있으리?
그대 권력을 얻거나 부를 누리진 못해도
사랑할 때면 가장 위대한 영웅이 되니,
사람들이 예언자에 대해 말하듯
바미크와 아스라[71]에 대해 말하리라.
아니, 말하지 않고 그들의 이름을 부르리라.
모두 그들의 이름을 알고 있지만
그들이 무슨 일을 어떻게 했는지
아는 이 없다! 그들이 사랑했다는 것
그 사실만 우리는 알고 있다.
바미크와 아스라에 대해 물어 온다면
그것으로 대답이 충분하지 않은가.

---

71) 바미크와 아스라는 마호메트 시기 이전에 등장한, 페르시아 문학 속의 가장 오래된
  연인으로 그들의 기록은 모두 사라지고 이름만 전해 온다. 여러 책에서 그들의 이름
  이 언급되지만 그들이 연인이었다는 사실 외에는 아무것도 알려져 있지 않다.

사랑의 책[72]

책들 가운데 가장 놀라운 책은
사랑의 책
내 그 책을 세심히 읽어 보니
기쁨은 다만 몇 쪽에만
책 전체에는 고통이 가득
이별이 한 장(章)을 이루는데
재회는 기껏 한 절(節)로
그것도 짤막하게
근심 걱정의 이야기는 몇 권(卷)씩
주석까지 붙여, 무한정 불어나네.
오, 니자미여! 그대도 마침내
올바른 길을 찾아냈구려.
풀기 어려운 일, 누가 그걸 푸는가?
사랑하는 사람들이 다시 만나 풀지.

---

72) 괴테는 이 시를 디츠가 쓴 『동방의 보물창고』라는 책에 번역 수록된 터키 시인 니
샤니의 시를 본보기로 해 지었다. 따라서 니샤니의 시와 괴테의 시는 사소한 부분을
제외하고는 거의 비슷하지만, 괴테는 시의 의미를 변형했다. 디츠는 니샤니의 시에
나오는 '사랑의 대가', '연인'이라는 표현이 신을 의미한다고 설명했지만 괴테는 이
러한 종교적이며 알레고리적인 시를 세속적인 사랑의 시로 바꿨다. 이 시에서는 「사
랑 시편」에 수록된 그 어느 시보다도 괴테의 독창적인 리듬이 나타난다. 운이 없는
억양격, 비교적 자유로운 리듬, 심오한 비애를 느낄 수 있는 울림, 많은 휴지부 등이
이에 해당한다.

그래, 그 눈 그 눈이 나를 바라보고
그래, 그 입 그 입이 내게 입 맞추었지.
가녀린 허리, 풍만한 몸매는
천국의 즐거움과 같았어.
그녀가 저기 있었지? 근데 어디로 갔지?
그래! 그녀였어, 그녀가 주고 갔어.
달아나며 자신을 던져 주고
내 모든 삶을 사로잡아 버렸네.

경고

곱슬머리[73]에 나 또한
기꺼이 사로잡혔습니다.
하피스여, 그대에게 일어난 일이
그대 친구에게도 일어났습니다.

그런데 긴 머리를 땋아
쪽을 진 여인들이[74]
투구[75]를 쓰곤 싸움을 걸어옵니다
우리가 익히 아는 일이지요.

하나 사려 깊은 이라면
그런 데 굴복하진 않지요
무거운 쇠사슬은 두려워해도
가벼운 올가미[76]엔 달려드는 법이니까.

---

73) 여인의 곱슬머리는 하피스의 시에 자주 등장하는 모티프이다.
74) 제국 시대에는 짧은 곱슬머리가 유행했는데 이 시가 쓰인 낭만주의 시대에는 그에
대한 반발로 머리를 땋아 올리는 것이 유행했다. 괴테는 곱슬머리 모양을 그의 연인
인 크리스티네와 마리안네 폰 빌레머에게서 보았다.
75) 투구 모양으로 땋아 올린 쪽머리를 암시한 비유적 표현이다.
76) "무거운 쇠사슬"(죄수를 묶는 사슬)과 "가벼운 올가미"(야생 짐승이나 새를 잡는
덫)의 비유는 '땋아 올린 쪽머리'와 '곱슬머리'의 대립을 가리킨다.

사랑에 빠짐

그대의 곱슬머리는 이렇듯 풍성하네요!
그 풍성한 머리를 내 두 손으로
이리저리 쓰다듬을 수 있다면
가슴 저 밑바닥부터 싱싱해짐을 느낄 것입니다.
그녀의 이마와 눈썹, 눈과 입에 입 맞추면
나는 생생해지고 다시금 사랑의 열병을 앓습니다.
살 다섯 개가 달린 빗[77]으로 어디를 빗을까요?
빗은 어느 결에 그녀의 곱슬머리로 돌아갑니다.
귀도 이 놀이를 마다하지 않으니
살도 아니고 피부도 아닌 것이
장난하기엔 아주 부드럽고 사랑스럽습니다!
아이의 머리를 쓰다듬듯이
그 풍성한 머리카락을
영원히 이리저리 쓰다듬으렵니다.
하피스여, 그대 또한 그러하였으니
우리도 처음부터 새로 시작해 보렵니다.

---

77) 손을 의미한다.

근심[78]

그대의 손에서 매혹적으로 빛나는
에메랄드[79]에 대해 말해 보리까?
말이 필요할 때도 많지만
때로는 침묵이 더 나은 법.

반지의 녹색 빛깔은
눈에 시원하다고 내 말하리다!
하지만 고통과 상처도 함께 있음은
말하지 않으려네.

어떻든! 그대도 알 수 있을 거요!
그대가 왜 그런 힘을 발휘하는지!
"그대의 존재 또한 에메랄드처럼
위험하기도, 생기를 주기도 한다오."

---

78) 괴테는 이 시를 1815년에 만하임에서 썼다. 네덜란드 남작의 딸인 베티 스트릭의
에메랄드를 보고 영감을 얻어, 그즈음 하이델베르크에서 경험했던 '기분 좋음'과 '위
태로움'으로 가득 찬 날들의 경험을 표현했다.
79) 옛 믿음에 따르면 에메랄드에는 눈을 강하게 만들어 주는 힘과 상처를 치유하는 능
력이 있다고 한다. 그러나 날카롭고 단단하기에 상처를 줄 수도 있다. 이러한 두 가지
특성은 시의 후반부에서 에메랄드를 몸에 지닌 여자는 기분 좋게 만들기도 하지만 쉽
게 마음의 상처를 줄 수도 있다는 비유로 확장된다.

아아, 사랑이여!
순수한 천상의 세계를
이리저리 즐겁게 떠도는
자유로운 노래가
굳어 버린 책 속에 갇혀 있다니.[80]
하지만,
시간이 모든 것을 사라지게 하여도
책 속의 노래만은
홀로 살아남는다오.
한 줄 한 줄이
사랑처럼 영원히 불멸한다오.

---

80) 내면의 무한함에서 솟아나는 사랑의 노래가 책의 제한되고 경직된 특성과 맞지 않는
다는 주장이다. 그러나 시간이 지나면 사물은 사라져 버리지만 책은 계속 남아 시간의
흐름을 정지시킨다는 반론이 곧이어 제시된다. 그리하여 책에 대한 새로운 평가에 이
른다. 시간과 상관없이 영원하다는 점에서 책은 사랑과 같다.

형편없는 위안

그대를 그리워하며
한밤에 나는 흐느껴 울었습니다.
그때 밤의 유령들이 찾아와
나는 부끄러웠습니다.
"밤의 유령들아,
흐느끼며 우는 나를 보았구나.
그전에는 내가 자고 있었으니
너희들은 그냥 지나쳐 버렸을 거야.
커다란 보물을 잃어버렸으니
나를 나쁘게 생각지 말아 다오.
보통 때는 현명하다 소리 듣는
내게 커다란 불행이 닥쳐서 그래!"
그러자 밤의 유령들은
실망한 표정을 하고
지나가 버렸습니다.
내가 현명한지 어리석은지
전혀 관심도 없다는 듯이.

자족(自足)

"얼마나 잘못 생각하고 있는가.
사랑 때문에 처녀가 그대 것이 되었다 하니.
내겐 그런 게 하나도 기쁘지 않아.
처녀는 아첨을 잘할 따름이니까."

시인
그녀를 얻은 것만으로도 나는 만족하네!
굳이 변명을 늘어놓자면
사랑은 자발적으로 주는 것이고
아첨이며 복종이라네.

인사[81]

후드후드 새[82]가 길 위를 뛰어다니는
시골 길을 거니노라니,
아아, 참으로 행복했지!
그때 나는 바위 속에서 화석을
그 옛날 바다 속의 조개를 찾고 있었지.[83]
머리 깃털을 나부끼며
후드후드 새가 이리로 달려왔다.
살아 있는 그 녀석
으스대며 짓궂게
죽은 것을 조롱하였지.
"후드후드 새여," 내가 말했지,
"과연, 너는 아름답구나!
후드후드야, 어서 서둘러라!
사랑하는 여인에게

---

81) 신선하고 활기차며 자유로운 리듬으로 쓰인 이 시는 연인이 사는 시골에 도착해 자신이 왔다는 소식을 후드후드 새를 통해 전하는 내용이다.

82) 머리에 화려한 깃털이 달린 새로 유라시아와 아프리카에 산다. 중세 독일에서는 마술사나 마녀가 즐겨 사용하는 악마의 새로 믿는 미신이 있었다. 하피스의 시에는 사랑의 전령으로 자주 등장한다. 특히 솔로몬 왕이 이 새를 사랑의 전령으로 자바 여왕에게 보낸 이야기가 유명하다.

83) 광물학에 관심을 품었던 괴테 자신을 암시한다. 시인이 도착한 곳은 연인이 사는 곳일뿐 아니라 화석이 든 바위가 있어서 시인을 사로잡았던 곳이기도 하다.

나 영원히
그녀의 것이라는 소식을
서둘러 알려 주려무나.
옛날에 너는
솔로몬과 자바의 여왕 사이에서도
중매인 노릇을 하지 않았더냐!"

순종[84]

"그대는 스러져 가면서도 그렇듯 다정하고
자신을 갉아먹으면서도 어찌 그리 멋진 노래를 부르는가?"

시인
사랑이 나를 못살게 군다오!
기꺼이 고백하려니와
나는 무거운 마음으로 노래를 부른다네.
그러나 촛불을 보게나[85]
소멸해 가며 빛나지 않는가.

―――――

사랑의 아픔이
황량하고 쓸쓸한 장소를 찾다가
마침 내 삭막한 가슴을 발견하고

―――――

84) 1817년 여성을 위해 펴낸 문고판 초판에는 제목이 「연민」으로 되어 있다. 리히
터는 이 제목이 오히려 시의 주제를 잘 표현한다고 평가했다. 이 시는 시인의 사
랑에 대한 주변 사람들의 관심을 다룬다는 점에서 「자족」, 「비밀」 등의 시와 연관
있다.
85) 촛불의 모티프는 하피스의 시에서도 자주 등장한다. 유럽의 르네상스와 바로크 시,
괴테의 시에서 촛불은 삶의 근본 현상을 대표하는 상징으로 나타난다.

텅 빈 그곳에 자리를 잡았다.[86]

---

86) 이 시는 9연으로 된 하피스의 시 중에서 한 연을 떼어 내 운율과 언어를 다듬어 독립된 시로 만든 것이다. 괴테가 하피스의 시에서 모티프를 찾아내 어떻게 시로 만드는지 보여 주는 좋은 예이다. 함머가 번역한 하피스의 시는 다음과 같다. "그대의 고통이 그 어느 곳에서도/ 그대 가슴처럼 황량한 곳을 찾지 못했네./ 그리하여 그 고통은/ 그대의 좁은 가슴에 자리 잡은 것이네."

피할 수 없는 일

그 누가 들판의 새들에게
조용히 있으라 명령할 수 있는가?[87]
그 누가 털 깎는 양들이
버둥거리지 않게 할 수 있는가?

내 털도 그렇듯 곱슬거리면
나 또한 우악스레 버둥대겠지?
아니지! 그런 우악스러움은
털을 쥐어뜯는 가위가 강요한 것.

내가 흥에 겨워 저 하늘 멀리
노래하는 것, 막을 이 누구인가
얼마나 그녀가 사랑스러운지
구름에게 털어놓는 것, 막을 이 누구인가?

---

87) 이 구절은 하피스의 시에 그대로 나온다. 이 구절에 괴테는 자신이 직접 본, 양털
을 깎을 때 양들이 참지 못하고 버둥거리던 모습을 연관시켜서 하나의 시를 완성했
다. 이 점에서 『서동 시집』의 정신과 특성을 잘 나타내고 있다.

90

비밀

내 연인이 눈길을 주면
모두들 놀라 걸음을 멈추지만,
그녀를 잘 아는 나는
그 눈길이 무엇을 말하는지 안다.

그것은 바로, 이 남자를
저이도, 이이도 아닌, 나를 사랑한다는 의미.
그대들 선량한 이들이여
놀라움과 동경을 거두시게!

그렇다네, 엄청난 마력으로
그녀가 주위를 둘러보지만,
그건 단지 그분에게
다음번 달콤한 밀회 시간을 알려 주려는 것이네.

가장 비밀스러운 것[88]

"가십거리를 쫓아다니는 우리는
당신의 연인이 누구며
연적이 몇이나 되는지
분주히 염탐해 보았네.

당신이 사랑에 빠진 것을
기꺼이 인정해 주지.

---

88) 이 시의 제목은 괴테의 작품에서 전기적인 것만을 찾는 이들에 대한 풍자를 담고
있다. 괴테는 이 시에 대해 다음과 같이 말했다. "이 시에서 내가 말하고 있는 그 여
인을 그대들은 결코 찾지 못할 것이다. 왜냐하면 가장 커다란 비밀이 들어 있게 만들
었기 때문이다. 그대들이 그녀의 앞에 서면 깜짝 놀랄 것이고, 그녀가 간 후에도 그
대들은 그녀의 광휘를 장엄하게 느낄 것이다." 괴테가 제기한 이 수수께끼는 오랫동
안 풀리지 않다가 1885년에야 비로소 된저에 의해 풀렸다. 이 시에서 말하는 '여인'
이란 괴테가 1810년부터 2년간 칼스바트에 있을 때 자주 만났던 오스트리아의 황태후
마리아 루도비카이다. 그녀는 괴테에게 강렬한 인상을 주었고 괴테는 매우 열광하여
라인하르트 백작에게 자신의 심경을 편지로 써 보냈다. 이 사실을 안 황태후가 오도
넬 백작 부인을 그에게 보내 시에서 자신을 찬미하지 말 것을 부탁했다. 괴테는 그것
을 약속했고 이후 약속을 지켰다. 그의 시에서 많은 여인이 찬미되고 있지만 황태후
의 이름은 어느 곳에도 나오지 않는다. 그런데 1815년에 바이마르 공국의 영주이자
괴테의 후원자인 아우구스트 공이 빈 회의에 참석하여 황태후를 만났을 때, 그녀는
굉장히 호의적으로 괴테의 안부를 물었고 괴테에게 인사를 전해 달라고 했다. 이 소
식을 듣고 괴테는 매우 기뻐했다. 그리하여 황태후에 대한 자신의 존경과 사랑을 노
래하되 약속대로 이름을 감추고 표현한 것이다. 1815년 5월에 이 시를 썼으니 아우구
스트 공의 편지를 받은 후의 일이다.

그런데 그 여인도 당신을 사랑하는지
우리는 아무래도 믿을 수 없네."

친애하는 신사 여러분,
마음껏 그녀를 찾아보시게나!
다만 한 가지만 알아 두시게.
그녀가 나타나면 당신들은 놀라 넘어질 것이네!
그녀가 가 버리면 당신들은 그녀의 광휘를 어루만질 것이네.

당신들은 셰합 에딘이 아라파트 산에서
외투를 벗은 일을 알지 않는가[89)]
자신의 뜻대로 행동하는 이를
당신들은 어리석다 여겨선 안 된다네.

황제의 옥좌 앞에서나

---

89) 셰합 에딘은 기도 선도자인데 메카에 있는 아라파트 산 위의 성전 앞에서 다음과
같이 생각했다고 한다. "나는 신을 사랑하고 날마다 신을 생각한다. 그런데 신이 언
제 한 번 나를 돌아보기나 하실까?" 그가 이런 생각을 할 때 성전에서 사제가 나와
말했다. "좋은 소식을 가져왔네. 네가 사랑하는 그분께서 너의 모든 불완전함에도 너
에 대해 물어보셨네. 외투를 벗고 기도하며 성전으로 들어오게." 괴테는 이 종교적
이야기를 세속적인 것으로 변형해 쓰고 있다.

사랑하는 여인 앞에서[90]
그대의 이름이 불린다면
그보다 더 큰 보상이 어디 있을까.[91]

그러니 마즈눈[92]이 죽어 가면서
라일라 앞에서 다시는 제 이름을
부르지 말라 소망한 것은
그 얼마나 커다란 슬픔이었겠는가.

---

90) 자신의 이름이 두 가지 상황에서(황제 앞에서나 연인 앞에서) 불리는 것처럼 말하
고 있지만 실제는 같은 상황이다. 황태후가 연인이므로 황제 앞이자 연인 앞에서 이
름이 불린 것이기 때문이다.

91) 사랑하는 이를 멀리서 조용히 숭배하고 사모하며, 그녀가 자신의 이름을 불러 준
것에 만족과 기쁨을 느끼는 태도는 중세의 연가 문학인 민네장에서 연인을 대하는 기
사의 태도와 비슷하다. 최상의 여성성과 높은 신분을 한 몸에 지닌 이상적 여인을 숭
배하고 사모하며, 인사 외에는 아무것도 원하지 않는 사랑의 태도가 그려지고 있다.
괴테 시에 나오는 여러 가지의 사랑 형태 중에서 이 태도가 가장 본질적이며 정신적
이라 할 수 있다. 따라서 이 시가 「사랑 시편」의 마지막에 위치한다.

92) 「모범적인 예들」에서 언급된 마즈눈과 라일라의 사랑 이야기와 연관 있다. 마즈눈
과 라일라의 가문은 서로 적대적이어서 결국 사랑을 이루지 못하고 죽는다. 마즈눈은
죽어 가면서 라일라 앞에서 자신의 이름을 부르지 말라고 부탁했다. 이는 황제와 사
랑하는 여인 앞에서 자신의 이름이 호명된 앞 연의 내용과 대비를 이룬다.

성찰 시편⁹³⁾

93) *Tefkir Nameh. Buch der Betrachtungen.* 이 시편에는 실제적 도덕이나 삶의 지혜에 관한 격언시들이 수록되어 있다. 제목으로 쓰인 '성찰(Betrachtungen)'은 관찰, 숙고, 생각 등의 의미를 포함한다. 괴테의 재능은 서정을 노래하는 시에서뿐 아니라 격언적이며 교훈적인 시에서도 발휘된다. 특히 노년에 이런 시를 많이 썼으며, 고대 독일과 페르시아의 격언시를 좋아했다.

칠현금이 울려 주는 충고를 들으라.
하나 그 충고는 그대가 알아들을 때만 유용한 것.
듣는 이가 허튼 귀를 갖고 있으면
가장 복된 말이라도 허튼소리가 된다.

"칠현금의 충고는 무엇인가?" 바로 이것이네.
가장 아름다운 신부가 가장 좋은 신부는 아닌 법
그러나 그대가 우리와 어울리려면
가장 아름다운 것과 가장 좋은 것 모두를 추구해야 하네.[94]

---

94) 『서동 시집』을 편찬한 뢰퍼는 이 시의 마지막 두 행이 「성찰 시편」 전체를 대변하는 표어이자 서곡이라고 평했다. 6행에서 미적인 가치와 윤리적 가치를 분리해야 한다고 말한 것에 대한 반론으로, 좋은 독자는 칠현금의 충고를 잘 이해해 미적인 것과 윤리적인 것을 동시에 추구해야 한다고 역설하고 있다.

다섯 가지 일[95]

다섯 가지를 가로막는 다섯 가지 일이 있으니
이 가르침에 귀를 잘 기울이게.
오만한 가슴에는 우정이 싹트지 못한다.
천박함과 벗하는 이들은 예의가 없다.
사악한 자는 위대함에 이를 수 없다.
시기하는 자는 남의 약점을 감싸 주지 않는다.
거짓말하는 자는 신뢰와 믿음을 꿈꿔 봐야 소용없다.
이 가르침을 잘 간직하여 누구도 빼앗지 못하게 하라.

---

95) 원래 제목은 「다섯 가지 쓸모없는 것」이었다.

또 다른 다섯 가지 일[96]

무엇이 시간을 짧게 느끼게 해 주는가?
　　　활동이지!
무엇이 시간을 참을 수 없이 길게 만드는가?
　　　나태함이지!
무엇이 빚을 지게 만드는가?
　　　주저하며 참는 것!
무엇이 이익을 얻게 해 주는가?
　　　오래 망설이지 않는 것!
무엇이 명예를 가져다 주는가?
　　　자신을 지키는 것!

---

96) 앞 시의 반대 예로 썼다. 원래 제목은 「다섯 가지 유익한 것」이었다.

눈짓하는 처녀의 눈길
술잔 앞 술꾼의 눈길 사랑스럽고
호령 대신 보내는 군주의 인사
그대에게 내리쬐는 가을 햇살도 사랑스럽다.
하나 이 모두보다 더 사랑스러운 것은
작은 선물에 얌전히 손 내밀어
그대가 주는 것을 고맙게 받는 가냘픈 손,
그것을 언제나 잊지 말라.
그 눈길! 그 인사! 무언가 말하려 애쓰는 모습!
그것을 잘 보라, 그러면 그대는 언제나 베풀 수 있으리.

충고 시편[97]에 들어 있는 말은
그대에게 주는 가슴으로 쓴 말이다.
그대 스스로 베푼다면
그 누구든 자신처럼 사랑할 수 있다.
기쁜 마음으로 동전을 던져 주고
황금으로 유산을 쌓아 두지 말라.
추억에 젖어 있기보다는
서둘러 현재를 기쁘게 택하라.

---

97)『펜드 나메(*Pend Nameh*)』. '좋은 충고가 들어 있는 책'이라는 의미로 괴테는 한 동
방학자가 독일어로 옮긴 레리드 에딘 마타르의『펜드 나메』를 읽고 이 시를 썼다.

말 타고 대장장이 곁을 지나가는 그대
장차 그가 그대 말에 발굽을 박아 줄지 알지 못한다.
들판에 우뚝 서 있는 오두막을 보면서도
그 안에 그대의 연인이 살고 있을지 알지 못한다.
아름답고 용감한 젊은이를 그대는 만나지만
장차 그가 이길지 그대가 이길지 알지 못한다.
그러나 포도나무에 대해서만은 확실하게 말할 수 있다.
포도나무가 그대에게 좋은 결실 맺어 주리라고.
이렇듯 그대는 세상에 맡겨져 있으니
나머지 일이야 새삼 말할 필요 없으리라.

낯선 이의 인사를 존중하라!
오랜 친구의 인사만큼 귀한 것이니.
몇 마디 말을 나누고 그대들은 작별을 고한다!
그대는 동쪽으로 그는 서쪽으로, 서로의 길을 가고
몇 년 후 그대들의 길이 예기치 않게 마주치면
그대들은 반가움에 소리쳐 부른다.
"아, 당신이군요! 그래, 그때 만났지!" 마치 그사이에
육지와 바다를 건넌 수많은 항해의 날들과
태양이 수없이 뜨고 진 나날이 없었던 듯하다.
이제 그대들은 물건과 물건을 바꾸고 이익을 나눈다!
오래된 신뢰가 새로운 결속을 다져 주는 법.
이렇듯 첫 인사가 참으로 소중하니
인사해 오는 모든 이에게 다정하게 답하라.[98]

---

[98] 수기 원고에는 「그나이제나우 장군에게」라는 제목과 '1819년 7월 11일 예나' 라는 서명이 들어 있다. 이 시는 다른 영역에서 활동하는 위대한 인물과 만나는 괴테의 방식을 잘 보여 주며, 매우 사적인 관계에서 촉발된 인간 간의 교류라는 아주 일반적인 주제를 다루고 있다.

그대의 잘못[99]을 그들은
언제나 지껄여 대지만,
그대의 잘못을 말하느라
사실은 자신을 더욱 괴롭힌다.
그들이 그대의 장점을
다정스레 이야기해 주었더라면,
어떻게 하면 좀 더 나은 것을 고를 수 있는지
이해심 많은 진실한 눈길로 말해 주었더라면,
그러면 분명! 최상의 것을
나는 찾을 수 있었을 텐데.
암자에 사는 몇 사람만이
알고 있는 최상의 것
그것을 나는 마침내
알게 되었다.
인간이 실수할 때면

---

99) 자신에 대한 부정적이고 몰이해적인 비판을 거부하며 생산적 비판을 아쉬워하는 내용이다. 다른 이들에 대한 비판을 자신에 대한 반성으로 치환하여 올바른 관계로 발전시키는 과정을 보여 준다. 괴테는 괴틀링에게 다음과 같이 말했다고 한다. "내가 저지른 잘못에 대해 사람들이 많이들 비판했다. 그들이 격렬한 비판 대신 나의 고유한 능력이 어디에 있는지 말해 주고 풀어야 할 과제를 말해 주었다면 훨씬 일찍 '최상의 것'에 도달했을 것이다. 그러나 이제야 그 길에 도달하였고 그동안 어떤 잘못을 했던

참회가 상책임을.

가 알게 된 것이다."

장터는 그대가 물건을 사도록 유혹하지만
지식은 부풀어만 갈 뿐이다.
조용히 자기 주위를 둘러보는 이는 알리라
사랑이 우리를 얼마나 고양시키는지.[100]
많은 것을 듣고 배우려고
그대는 밤낮으로 노력해 왔다.
이제 다른 쪽 문에 귀 기울여 보게
무엇을 아는 게 마땅한지 알게 되리라.
올바른 것을 받아들이고자 한다면
무엇이 신의 품 안에서 올바른 것인지 느껴야 한다.
순수한 사랑에 불타오르는 이만을
사랑의 하느님은 인정하신다.[101]

---

[100] 「고린도 전서」 8장 1절에서 3절 사이에 나오는 말이다. "'우리는 다 지식이 있다.' 고 여러분은 말하는데 사실 그렇습니다. 그러나 지식은 사람을 교만하게 만듭니다. 사람을 향상시켜 주는 것은 사랑입니다. 자기가 무엇을 좀 안다고 생각하는 사람이 있다면 그는 마땅히 알아야 할 것을 아직 알지 못하고 있는 것입니다. 그러나 하느님을 사랑하는 사람은 하느님께서도 그를 알아주십니다."

[101] 공공장소에서 주위듣거나(1행) 노력을 통해(5행) 획득되는 잡다한 지식을 반박한다. 올바른 태도는 "순수한 사랑"이다. 많이 아는 것보다는 놀라워할 수 있는 능력이 중요하다는 괴테의 생각이 들어 있다.

나는 그렇듯 솔직하여
많은 잘못을 저지르고
오랫동안 괴로워했다.
때로는 쓸모 있고 때로는 그렇지 못했지만
그게 무슨 대수란 말인가?
그래 나는 악한이 되려고
열심히 노력하였다.
그러나 그 또한 받아들일 수 없어
내 가슴 갈갈이 찢기는 듯 했다.
그래서 나는 솔직함만이
최상의 것이라 결론지었다.
늦긴 했지만
그것은 분명하다.

어떤 문으로[102] 신의 도시[103]에 들어왔는지
묻지 말라
그대가 일단 자리 잡은 조용한 곳에
그대로 머무르라.

그러고는 주위에서 현자들과
명령하는 힘센 이들을 찾으라.
현자는 가르침을 주고 힘센 이들은
그대의 행동과 힘을 단련시켜 주리라.

그대 유능해져 의연하게
국가에 충성을 바친다면
알아 두게! 아무도 그대를 미워하지 않고
모두들 그대를 사랑할 것이다.

군주도 그대의 충성심을 알아주고
충성심이 그대의 행동을 생기 있게 해 주리라.
그러면 새것 역시 옛것 옆에서

---

102) '어떤 신분과 어떤 위치로 세상에 태어났는지' 라는 의미이다.
103) 신이 창조한 이 세계를 의미한다.

비로소 변함없이 지속될 수 있으리라.[104]

---

104) 칼 키름스와 폰 샤르트가 바이마르 공국의 추밀 고문관으로 50년간 근무한 것을
    기념하여 쓴 축시이다.

내가 어디에서 왔느냐고? 나도 아직 모르겠다.
나도 모르게 이 길로 들어섰다.
오늘 여기 하늘에라도 오를 듯 기쁜 날에
고통과 즐거움이 친구처럼 서로 만난다.
둘이 하나가 되니 얼마나 달콤한 행복인가!
혼자라면 누가 웃고 누가 울겠는가?[105]

---

105) 괴테는 1818년 7월 요양지 칼스바트로 가다가 프란첸스바트에서 오스트리아 황태
후를 곁에서 모셨던 오도넬 백작 부인을 만난다. 두 사람의 대화는 주로 1816년에
죽은 황태후 마리아 루도비카에 대한 추억으로 채워졌다. 그리하여 괴테는 상실의
슬픔과 재회의 기쁨이 섞인 감정을 느낀다. 같은 해 9월 괴테는 요양지에서 돌아오
는 길에 다시 프란첸스바트를 지나게 되었는데 이번에는 누구도 만나지 못하고 혼자
외로워했다. 그날 괴테는 이 시를 썼다.

한 사람씩 차례로 가거나
때로는 남보다 앞서 세상을 떠난다.
그러니 민첩하고 용감하고 당당하게
우리 삶의 길을 걸어가자.
꽃에다 한눈을 너무 팔아도
그대를 제자리에 머물게 하지만
방향을 잘못 잡은 것보다 더 지독하게
그대를 퇴보시키는 것은 없다.

여인들을 조심해서 다루게!
구부러진 갈비뼈로 창조되었다네.
하느님도 곧게 펼 수는 없었네.
그대가 바로 펴려 한다면 부러질 것이고
가만히 내버려 두면 점점 더 휘어질 것이네.
착한 아담이여, 이보다 다루기 힘든 일이 또 있을까?
여인들을 조심해서 다루게
그대들의 갈비뼈가 부러지면 낭패니까.[106]

---

106) 처음의 제목은 「아담과 이브」였다. 이 시 역시 『동방의 보물창고』라는 책에 수록
된 시를 보고 지었다. 이슬람에서 구전되는 말에 따르면 아담의 갈비뼈로 이브를 만
들었다고 한다.

삶이란 짓궂은 장난
이 사람에겐 이게 저 사람에겐 저게 부족하고
이 사람도 적잖이 바라는데 저 사람은 너무 많이 원한다.
게다가 능력과 운수도 영향을 미치니,
불운이라도 들어 있으면
원치 않아도 누구나 그걸 지고 가야 한다.
마침내 후손들이 홀가분하게
이 '능력도 없고 욕망도 없는' 이를 운구해 갈 때까지.

삶이란 거위 카드 놀이[107] 같은 것
앞으로 많이 나아갈수록
모두들 가기 싫어하는
그곳에 먼저 도착한다.[108]

거위가 미련하다고들 하지만
사람들 말을 믿지 말라.
뒤를 바라보는 거위가 있는 칸은
뒤로 가라는 뜻이지 않은가.

모두가 앞으로만 치닫는
이 세상은 그와는 딴판이다.
누군가 걸려 넘어지고 쓰러져도

---

107) 여럿이 주사위를 던져서 하는 놀이이다. 우리의 윷처럼 거위 모습의 말들을 사용
해 목적지까지 가는 놀이로 주사위의 숫자만큼 앞으로 전진한다. 모두 63칸에 거위
나 다른 사물들이 그려져 있는데 각 그림의 의미에 따라 전진하거나 후퇴하고 탈락
하기도 한다. 예를 들어, 뒤를 보고 있는 거위가 그려진 칸에 말이 놓이면 뒤로 가
거나 정지해야 한다. 죽은 거위가 그려져 있는 칸에 걸리면 처음으로 돌아가거나 탈
락한다. 괴테는 이 놀이를 인생에 비유하여 여러 편지에서 언급했다.
108) 거위 카드 놀이판의 58번째 칸에는 죽은 거위나 커다란 낫을 든 죽음의 사자가 그
려져 있는데 이 칸에 들어오면 처음으로 돌아가거나 놀이에서 탈락한다. 그래서 아
무도 이 칸에 머물고 싶어 하지 않는 것이다.

아무도 뒤돌아보지 않는다.

.

"그대 말하지 않는가. 세월이 많은 것을 앗아 갔다고
감각의 유희가 가져다준 독특한 기쁨과
사랑스럽기 그지없던 애무의 추억도
넓고 먼 땅으로의 여행도 이제는 쓸모없다고.
군주에게 인정받은 자랑스러운 명예도
한때 기뻐했던 칭찬도 이제 아무것도 아니라고.
자신의 행동에선 더 이상 즐거움이 솟아나지 않으며,
대담한 모험에 나설 용기도 사라지지 않았는가!
그렇다면 그대에게 이제 무슨 특별한 게 남아 있겠는가?"

내겐 아직 충분히 남아 있네! 이념과 사랑이 남아 있네![109]

---

109) 노년의 괴테는 상위의 정신 세계와 하위의 감성 세계를 결합하려 노력했는데 이 시에서 그 사상이 잘 드러나 있다. 이념(Idee)은 세계정신의 질서인데 인간은 정신을 고양시켜 거기에 참여할 수 있다. 감성의 영역에서는 사랑을 통해 세계영혼에 관여할 수 있는 가능성이 열린다. 절대적인 것을 추구하기 위해서는 이 두 영역이 모두 필요하다.

전문가에게 물어보는 것이
어떤 경우든 가장 확실하다!
오랫동안 골머리를 썩힌 일도
무엇이 문제인지 그는 금방 알아낸다.
그대가 잘한 것도 그는 알아낼 테니
찬사를 기대해도 좋으리라.

즐겨 베푸는 이는 기만당하고
인색한 이는 빈털털이가 된다
사려 깊은 이는 미몽의 길에 빠지고
이성적인 이는 공허 속으로 빠진다
강인한 이는 사람들이 피해 가고
아둔한 이는 사람들에 붙잡힌다.
이러한 속임수를 잘 알아서
속은 자여, 너도 속이라!

명령을 내리는 분은
칭찬도 하고 야단을 치기도 한다.
그대, 충직한 신하여 알아 두게
이 두 가지는 하나라는 사실을.

그는 하찮은 일을 칭찬하기도 하고
칭찬해야 할 때 야단치기도 한다.
그러나 그대가 쾌활함을 잃지 않으면
결국에는 그대를 인정하리라.

고귀한 이들이여, 그대들도 또한
비천한 이들처럼 하느님을 섬기라.
주어진 대로 행동하고 견디어 내며
항상 좋은 일에 매진하라.[110]

---

110) 처음의 제목은 「주군의 권리와 신하의 의무」였다. 이 시는 다음에 이어지는 두 편
의 시와 함께 군주와 신하의 관계를 다루고 있다. 하인이 주인 대하듯 지체 높은 이
도 신을 모셔야 한다는 내용이다.

제드산 왕과 그를 닮은 분에게[111]

트란스옥사니아[112] 사람들의
소리와 장단에 맞추어
당신의 행적을 기리는
우리의 노래를 부릅니다!
당신 안에 살아 있기에
우리는 아무것도 두렵지 않습니다.
만수무강하옵소서,
그대 왕국 또한 영원하기를!

---

111) 하피스가 오랫동안 모셨던 군주이다. 그는 학문과 시문학에 정통하고 스스로 시를 쓰기도 했다. 하피스의 시에 그의 이름이 종종 언급되곤 한다. 제목으로 삼은 '제드산 왕과 그를 닮은 분에게'라는 표현에서 "그를 닮은 분"은 괴테가 모셨던 바이마르의 군주인 아우구스트 공을 암시한다.

112) 트란스옥사니아 지방 사람들은 북과 종을 사용해 전쟁의 분위기를 연출하는 터키 음악을 창안했다. 여기서는 당시의 시끄러운 유럽의 상황을 암시한다. 당시 아우구스트 공은 빈 회의 때문에 오랫동안 빈에 머물고 있었다.

최고의 은총[113]

아직 미숙하던 시절
나는 한 분의 주인을 찾았고
세월이 흘러 성숙해졌을 때
여주인 한 분을 또 찾았다.
두 분이 많은 시험을 해 보고
나의 충직함을 알아보셨다.
두 분은 나를
자신들이 찾아낸 보물로 여겨
소중하게 지켜 주셨다.
두 주인을 섬기는 이는
그 누구도 행복할 수 없다지만[114]
주인과 여주인께서 모두
나를 찾아낸 것을 즐거워하신다.
나 또한 그분들을 찾아내었으니
내겐 행복과 별이 함께 빛난다.

---

113) 군주와의 관계를 다룬 시로 앞 시와 연관이 있다. 여기서 '주인'은 아우구스트 공을 의미한다고 해석되는데, '여주인'이 구체적으로 누구를 지칭하는지는 여러 의견이 있다. 아우구스트 공의 부인인 루이제, 괴테의 부인이 된 크리스티아네, 「가장 비밀스러운 것」에서 언급된 오스트리아의 황태후 마리아 루도비카를 의미한다는 주장들이 있다. 일반적으로는 루도비카가 제일 설득력이 있다는 평가이다.

114) 「마태복음」 6장 24절, "아무도 두 주인을 섬길 수 없다."를 인용한 시구이다. 그러나 여기서 '주인'과 '여주인'은 '두 주인'이 아니라 남자와 여자이기 때문에 이 경우에는 둘 다 섬기는 것이 가능하다는 의미로 쓰였다.

페르도우시[115]가 말하길
"오 세상이여! 어쩌면 그렇듯 뻔뻔하고 심술궂은가!
먹이고 길러 주고 또한 죽이기도 하니."
알라신의 은총을 입은 이만이
스스로 살고 자라나며 부유롭도다.

부유함이란 무엇인가? 따스한 태양,
그 태양은 거지도 우리처럼 즐긴다!
거지 나름대로의 복된 기쁨을
부유한 이 그 누구도 언짢게 여기지 말라.

제랄 에딘 루미가 말하길[116]
그대는 세상에 머물려 하지만 세상은 꿈처럼 도망간다.
그대가 여행을 떠날 때 어디에 머물진 운명이 결정한다.
그대는 더위도 추위도 붙잡아 둘 수 없으니

---

115) 페르시아어로, '샤 나메(Schah Nameh)'와 같은 뜻이다. 즉 '왕의 책'을 의미한다. 함머가 펴낸 『동방의 보물창고』에 여기 인용한 두 행의 시가 들어 있다. 이 시의 3, 4행 은 그것에 대한 괴테의 대답이다.
116) 동방의 시를 모범으로 삼아 세상과 세월의 무상함에 대한 비탄을 주제로 삼았다.

그대에게 피어나는 것 곧바로 시들어 버리리라.

줄라이카가 말하길
거울은 내가 아름답다고 말하지요!
그대들은 늙을 수밖에 없는 내 운명을 말해요.
신 앞에서는 모든 것이 영원하리니,
이 순간, 내 안에 계시는 그분을 사랑하세요.[117]

---

117) 자신이 품고 있는 아름다움은 그것에 신의 생각이 표출될 때에야 영원하다는 의미이다.

불만 시편[118)

118) *Rendsch Nameh. Buch des Unmuts.* 괴테는 여러 사람들로부터 많은 비판과 공격을
받았다. 비판의 요지는 그가 거만하고, 신을 믿지 않으며, 종처럼 깎듯이 군주를 모
시고, 사생활이 비도덕적이고, 애국심이 부족하고, 비윤리적인 시를 쓴다는 것이었
다. 괴테는 대개 침묵으로 일관했지만 가끔 대화나 시를 통해 그의 분노가 폭발하는
경우도 있었다. 그는 반대자를 가차 없이 공격하거나 정중하고 역설적인 말을 던지
고 등을 돌리곤 했다. 언어가 끊기기 때문에 이러한 불만은 시에 적합한 정조가 아
니다. 그러나 의식적으로 자제하여 쓸데없는 비판을 태연한 태도로 밀쳐놓는 경우에
는 불만이 매혹적인 울림으로 바뀐다. 그런 점에서 「불만 시편」에 실린 시들은 '자
부심(Übermut)'과 '우월함(Übermacht)'을 드러내는 시들이기도 하다.

"당신은 그것을 어디에서 얻었지?
어떻게 그것을 손에 넣었나?
삶의 잡동사니 속에서
어떻게 이 불씨를 얻었지?
꺼져 가는 불꽃에 마지막 불길을
새롭게 일으키려는 건가?"[119]

그대들에게도 그 불꽃이
예사롭게 보이지 않는 모양이지.
헤아릴 수 없이 먼 곳에서
별들의 바다 속에서도
나는 길을 잃지 않았고
그래, 나는 새롭게 태어난 것이네.

언덕 위를 덮고 있는
하얀 양들의 물결
그 양들을 돌보는 진지한 목동들

---

119) 괴테가 어떻게 『서동 시집』을 쓰게 되었는지 모르는 사람들의 악의적인 질문이다.
그들은 『서동 시집』의 시들을 쓸모없게 되어 버린 존재(삶의 잡동사니)가 쓴 희미하
게 타오르는(불꽃) 노년의 시(마지막 불길)로 여겼다. 이에 대해 괴테는 자기 상실
이 아니라 젊고 광활한 새로운 영역의 개척이라 대답하고 있다.

내게 조촐한 영접을 기꺼이 베풀어 주는
조용하고 사랑스러운 사람들
그들 모두가 내게 기쁨을 주었네.

무시무시한 밤이면
습격의 위험을 예감하는
낙타의 신음 소리
귀와 영혼을 파고들었네.
하나 낙타를 이끄는 이들은
자부심과 긍지를 잃지 않았네.

그리고 계속 나아가고
그리고 점점 넓어져서
우리의 여정은 마치
영원한 도주와 같았지.
사막과 대상의 뒤로
줄무늬를 이루며
푸르게 떠 있는 신기루의 바다.

자기를 최고라 여기지 않는
시인을 찾기 어렵고
자작곡 연주를 마다 않는
거리의 악사 또한 찾기 힘들다.

그런데 그들을 탓할 수 없는 게,
다른 이를 존중하면
자신의 명예가 깎인다 하니
남들이 살아야만 우리도 산다는 건가?

그것을 나는 어떤 영주의
접견실에서 느꼈다
거기서는 사람들이
코리안더 향료[120]와 쥐 똥을 구분하지 못했다.

낡은 빗자루는[121] 으레
힘찬 새 빗자루를 미워하고
새 빗자루 역시

---

120) 작은 콩 모양의 향료이다.
121) 구세대를 의미한다. 이 연은 구세대와 신세대 간의 갈등을 다루고 있다.

기존의 빗자루를 인정하려 않는다.

민족들이 서로를 경멸하며
갈라져 있는 곳에서는[122]
모두들 같은 것을 추구하면서도
그걸 서로 인정하려 들지 않는다.

자의식이 부족하다고
사람들은 심하게 나를 나무랐네.
남들이 인정받는 건
조금도 견디지 못하면서.

---

[122] 프랑스인을 경멸하는 독일인들을 비꼬는 표현이다. 당시 독일에서 만연하던 풍조였다.

명랑하고 선량한 이를 보면
이웃은 바로 그를 괴롭히고 싶어 하고
뛰어난 이가 성실히 살며 행동하는 한
사람들은 그에게 돌을 던져 죽이려 한다.
그러다 그가 얼마 있다 죽기라도 하면
지난했던 그의 삶을 기리는
기념비를 세우기 위해
그들은 바로 막대한 기부금을 모은다.
그러나 무엇이 그들의 이익이 될지
마땅히 알아 둬야 할 것이다.
그 선량한 이를 영원히 잊는 것이
오히려 현명한 일이리라.

그대들은 느끼겠지, 막강한 이는
세상에서 몰아낼 수 없음을.
그래서 나는 현자들과
군주와 이야기하는 게 좋다.

어리석고 속 좁은 자들이
언제나 제일 집요하게 고집을 부리고
반푼이들과 우매한 자들이
우리를 억누르려 난리를 친다.

바보들과 현자들로부터
자유를 선언하였더니
현자들은 개의치 않았으나
바보들은 미쳐 날뛰었다.

폭력과 사랑 속에서 우리가
결국 하나된다고 그들은 생각한다.
그러면서 태양을 흐려 놓고
내 그늘을 무덥게 만든다.

하피스도 울리히 후텐[123]도

갈색[124]과 푸른색 외투[125]에 맞서
결연히 무장해야만 했다.
그런데 내 외투는 다른 기독교인들과 같으니 어쩌나.[126]

"그렇다면 그 적이 누구인지 말해 보게나!"
아무도 그들을 찾아내면 안 되지.
그 때문에 나 이미 교회 안에서
충분히 괴로움을 겪고 있으니.

---

123) 중세 시대의 제국 기사(1488~1523)이며 인문주의자로 수도승들을 공개적으로 비
판했다.

124) 승려임을 나타내는 두건 달린 외투를 가리킨다.

125) 하젠 왕의 추종자들은 자신을 구분하기 위해 푸른색 외투를 입었다. 하피스 자신
도 이들에 속했는데, 이들은 하피스의 자유로운 생활 방식을 비난했다.

126) 괴테를 비판한 교조적 기독교인들도 겉보기에는 자신과 똑같아서 구분할 수 없다
는 의미이다.

그대가 선한 바탕을 갖고 있다면
나는 결코 그대를 탓하지 않으리라.
더욱이 그대가 선을 행한다면
보라, 선이 그대를 고귀하게 하리라!
하지만 그대의 땅에
울타리를 쳐 놓았다면
나는 자유롭게 살며
거기 속지 않고 살아가리라.

인간은 선해서
남들이 하는 일을
다른 이가 따라 하지 않아도
더 나아질 수 있을 것이다.
인생의 길에서 누군가 입을 열어,
우리 가려는 곳이 같으니
자! 우리 함께 갑시다라고 말해도
아무도 괘씸히 여기지 않으리라.

많은 것이 여기저기에서
우리 앞을 가로막으리라.
사랑에 빠졌을 때는 결코

조언자나 친구가 달갑지 않고,
돈과 명예는
혼자서만 차지하고 싶어 한다.
진실한 친구인 포도주도
결국은 불화를 가져온다.[127]

그런 것을 하피스도
이야기하지 않았던가.
그 많은 바보 같은 일들을
골똘이 생각해 보았는데,
세상으로부터 도망치는 것이
무슨 도움이 될지 나는 모르겠네.
최악의 경우엔 한번 용감히
몸을 던져 세상과 싸워 봄이 어떤가.

127) 다음의 코란 구절을 바탕으로 한다. "악마는 포도주로 그대들 사이에 단지 적대감
과 미움만을 불러일으키려 하며, 신에 대한 생각과 기도로부터 그대들을 떼어 놓으
려 한다."

말없이 다만 드러나는 것에
굳이 이름을 붙이려 하다니![128]
신이 빚어 놓은 그대로의
아름다운 선(善)을 나는 좋아한다.

누군가를 나는 사랑한다. 정말 필요하지.
나는 아무도 미워하지 않는다.
그러나 미워해야 한다면
한껏 미워할 각오는 되어 있다.

그들을 좀 더 자세히 알고 싶다면
올바른 것과 그릇된 것을 잘 살펴보라.
그들이 훌륭하다고 말하는 것이
아마도 올바른 것은 아니리라.

올바른 것을 얻기 위해서는
근본적으로 살아야 한다.

---

128) 여기서 "이름"은 표시나 표제라는 의미로 사물의 본질과 대립되는 뜻이다. 『파우
스트』에도 이름과 관련된 유명한 구절이 있다. "이름은 울림이고 연기이다." (이름은
허망하고 무의미하다는 뜻.)

수다나 떨며 점잖 빼는 것은
내게는 천박한 노력으로밖엔 안 보인다.

그렇다! 인상 쓰는 이는
울컥하는 이와 한통속이라,
호통치는 이가
제일 훌륭한 이로 보이리라!

누구나 항상 새로워져야
날마다 새로운 소식 들으리니,
오락거리 소일거리는
모두의 내면을 파괴한다네.

도이치라 쓰는 이나 토이치라 쓰는 이나 모두가[129]
독일인들은 그런 파괴를 바라고 좋아하는구나.

---

129) 나폴레옹에게 점령당한 독일이 해방 전쟁 이후. 독일을 '도이치(deutsch)'로 표기
할 것인지 '토이치(teutsch)'로 표기할 것인지 벌였던 논쟁을 말한다. 표기 논쟁 이
후 deutsch가 올바른 것으로 정의되었다. 괴테는 어린 시절에는 토이치라고 많이 썼
으나 『서동 시집』을 쓸 무렵에는 도이치라는 표현을 선호했고 당시 민족주의적 성향
을 반영하여 새롭게 대두된 '독일적인 것(Teutschtümlichkeit)'이라는 표현에 극도의
비판적 태도를 보였다고 한다.

그러면서 속으로 노래를 비밀스레 속삭인다.
"전에도 그리하였고 앞으로도 그럴 것이네."

마즈눈[130]이란, 바로
미친 사람을 뜻한다고
말하고 싶진 않네.
하지만 그대들이여, 내가 스스로를
마즈눈이라 칭한다고 나를 탓하지 말게.

가슴이, 진정으로 넘쳐 나는 가슴이
그대들을 구하기 위해 분출할 때면[131]
그대들은 외치지 않는가. "여기 미친 이가 있다!
줄을 가져와 올가미를 만들어라!"

그리하여 마침내 현명한 이들이
속박 속에서 죽어 가는 것을 본다면,
속절없이 바라보아야만 한다면,
그대들은 쐐기풀처럼 몸을 태우리라.

---

130) '미친 사람, 악마에 사로잡힌 사람'이라는 뜻이다. 사랑에 빠져 정신없는 이도 마
즈눈이라 부른다. 여기서는 시인을 지칭한다. 시인은 다른 사람을 구원하기 위해 창
작을 하지만, 사람들은 그를 잡아 가둔다. 창조자이며 현명한 사람인 시인이 올가미
속에서 힘을 잃으면 그제야 사람들은 후회하지만 이미 늦었다는 뜻을 담고 있다.
131) 시 쓰는 것을 의미한다.

내 언제 그대들에게
전쟁을 어떻게 하라고 충고한 적 있었던가?
그대들이 평화를 맺으려 했을 때에
그대들의 행동을 탓한 적 있었던가?

그래서 나는 어부가
그물 던지는 것을 가만히 보기만 했고
노련한 목수가 측량할 때
훈수를 두지도 않았네.

그런데 그대들은 내가
심사숙고하여 알아낸 것을
자연이 내게 가르쳐 준 것을
그대들이 나보다 더 잘 안다고 하는구나.[132]

그대들도 그러한 강렬함을 느끼는가
그렇다면 그대들의 일에 전념하게!
그러나 내 작품을 볼 때면
우선 내가 뜻했던 바를 배우게.

---

132) 문학을 더 잘 아는 듯 비판하는 이들에 대한 반론이다.

방랑자[133]의 태연함

하찮은 것이라고
탓하지 말라.
사람들이 무어라 말하든
하찮은 것에는 막강한 힘이 있으니.

그것은 악을 지배하여
높은 이득을 취하고
올바른 것을
마음대로 주무른다.

나그네여! 그런 역경에
맞서려 했단 말인가?
회오리바람이나 말라 버린 똥은
멋대로 휘돌고, 멋대로 먼지 쌓이게 놔두게나.

---

133) 괴테는 자신을 즐겨 방랑자라 불렀고 시의 제목으로도 많이 사용했다.

세상조차 못 가지고 꿈꾸기만 한 것을
어찌 세상에다 요구할 수 있겠는가?
뒤돌아보거나 옆을 보면서
항상 좋을 날을 놓치지 않았는가?
세상의 노력, 세상의 좋은 뜻은
단지 잽싼 인생의 뒤를 절뚝거리며 쫓아가고
그대가 오래전에 필요했던 것을
세상은 오늘에야 그대에게 주는구나.

자화자찬하는 것은 잘못인데도
선을 행하는 이들 모두 그리한다.
그래도 말속에 숨기는 게 없다면
선은 언제나 선으로 남는다.

그대 바보들이여, 내버려 두라
스스로 현명하다며 기뻐하는 자를.
그대들처럼 바보인 그 잘난 이가
세상의 보잘것없는 감사를 실컷 누리도록.

입에서 귀로 구전되는 것[134]이
그대는 굉장하다고 믿는가?
전승이란, 그대 어리석은 이여,
그 또한 망상일 뿐이네!
판단이 무엇보다 중요하다네.
이성만이, 그대가 무시했던
이성만이 그대를
맹신의 사슬에서 구원할 수 있다네.

---

134) 일반적으로 우리는 들어야 믿는다고 말한다. 그러나 괴테는 그것을 바탕으로 숙고
하는 것이 필요하다고 역설한다. 「헤지라」에서는 믿음과 구전을 찬양하고 있는 데
반해 이 시에서 괴테는 계몽주의적 종교 비판을 옹호하고 있다.

프랑스식이든 영국식이든
이탈리아식이든 독일식이든
무엇을 추구하든 간에
모두들 이기심이 명하는 것만을 원한다.[135]

스스로의 가치를 드러내려 하지만
별 쓸모가 없는 일이라면
몇 사람뿐 아니라 그 어느 누구도
인정하지 않을 테니까.

오늘날은 아직 악인들이
모든 지위와 혜택을 누리고 있지만
내일은 의인이 자신을 알아주는
친구를 얻을 것이다.

삼천 년의 역사로부터
이를 헤아릴 수 없는 자는
모르는 채로 어둠 속에 남아

---

135) 해방 전쟁 이후 독일에 만연한 민족주의적 성향을 비판하며 좀 더 넓은 세계사적
관점을 가질 것을 제안하고 있다.

하루하루를 살아가리라.

지금까진 성스러운 코란을 인용할 때
몇 장, 몇 절까지 언급하였고
그럴 때면 모든 모슬렘은 저마다
존경과 평안 속에서 자신의 양심을 느꼈다.
새로운 승려들은 그것을 잘 모르는지
옛것을 지껄여 대고 새것을 덧붙인다.[136]
날이 갈수록 혼돈이 더욱 커진다.
오 성스러운 코란이여! 오 영원한 안식이여![137]

---

136) 옛것은 정통 신앙 교리를 말하며 새것은 휴머니즘이나 관념론에 입각한 성경 비판을 의미한다.
137) 동서양의 종교를 비교한 구절이다. 코란과 성경, 승려와 신학자를 대비하고 있다.

예언자가 말씀하시길

신께서 마호메트에게

보호와 행복을 베풀어 주신 것이

못마땅한 이는

자기 집의 제일 단단한 대들보에

튼튼한 밧줄을 매어 놓고

자신을 거기에 매달아 보라!

대들보는 끄떡도 없으리니

그러면 화가 가라앉는 것을 느끼게 되리라.[138]

티무르[139]가 말하길

뭐라고? 그대들은 자신만만함[140]의

폭풍우 같은 힘을 부인한다고? 거짓 성직자들이여!

알라신이 나를 벌레로 점지하고자 했다면

그분은 나를 벌레로 창조해 놓았을 것이네.

---

138) 천재를 비난하는 모든 적들에게 주는 신랄한 충고이다. 이 시를 쓴 날 괴테는 일
　　기에 『마호메트의 생애』를 읽었다고 쓰고 있다. 이 책에는 코란의 글귀가 인용되어
　　있는데 바로 시의 내용과 같은 내용이다.

139) 이 시에서는 천재적 인간의 본보기를 의미한다. 자신만만함의 모티프를 말하고 있다.

140) 다른 사람보다 뛰어나고, 자신감에 넘쳐 있는 것을 표현하는 자신만만함의 모티프
　　는 『서동 시집』에 많이 등장하는데 이 시로 「불만 시편」의 결론을 맺는다.

격언 시편[141]

141) *Hikmet Nameh. Buch der Sprüche*. 이 「격언 시편」으로 『서동 시집』의 첫 부분이 끝
난다. 이들 시편은 격언적인 지혜, 거리를 두고 관찰한 세계를 노래한다는 공통점이
있다. 「격언 시편」에 수록된 시들은 앞의 두 시편에 수록된 시들에 비해서 짧다. 괴
테는 노년에 격언시에 커다란 관심과 애착을 보였다. 간결성과 보편성을 지향하고
역설적인 태도를 견지한 괴테의 성향과 일치했기 때문이다. 이 「격언 시편」은 『서동
시집』의 다른 시들과 마찬가지로 동양적인 모티프들을 보이지만 내용 면에서 동서양
을 아우른다. 행위의 윤리성이나 시대에 대한 평가 등은 괴테적인 모티프이고 형식
도 서구적이다. 자유로운 4각운을 주조로 하며, 한 연에 4행이 들어가 있는 형식이
그렇다. 나란히 적어 놓은 페르시아어 '히크메트 나메(*Hikmet Nameh*)'는 '격언 시
편'보다는 '지혜의 책'이라는 뜻에 가깝다.

이 책에 부적을 흩뿌려 놓을 테니
그것으로 마음의 평정을 찾으라.[142]
믿음의 바늘로 이 책을 펼치는 이를
좋은 말이 도처에서 기쁘게 맞아 주리라.[143]

오늘 낮, 오늘 밤에는
아무것도 기대하지 말라
어제 낮, 어젯밤에 이룬 것 이상으로는.[144]

아주 어려운 날에 태어난 이에게는
조금 어려운 날쯤은 가볍게 느껴진다.

142) 균형과 평정의 모티프는 이 책에 일관되게 등장한다.
143) 이 책을 펼쳐 보는 것을 의미한다. 책을 바늘로 펼쳐서 거기에 나와 있는 격언을
    신탁으로 받아들이는 관례를 암시하고 있다. 여기서는 이 책에 대한 믿음을 또한 말
    해 준다.
144) 페르시아 속담을 읽은 뒤 낮과 밤, 어제와 오늘이라는 대립을 변형해서 쓴 시이
    다. 원래의 속담은 다음과 같다. "그대들이 어제 이미 가졌던 것 말고는 아무것도
    오늘 낮과 오늘 밤 기대하지 말라."

어떤 일이 얼마나 쉬운지는
그 일을 생각해 내고 이루어 낸 이만 안다.

바다는 언제나 흘러넘치나
육지는 바다를 결코 붙잡지 못한다.

왜 나는 시시때때로 불안해하는가?
인생은 짧은데 하루는 길기만 하다.
언제나 그리움만 펼치는 이 마음
하늘 향한 그리움인가
자꾸 멀리멀리 떠나려만 한다
나를 뿌리치고 달아나려 한다.
사랑하는 여인의 가슴으로 날아간다면
거기 천국에서 아무 생각 없이 쉬련만.
삶의 소용돌이에 계속 휩쓸리면서도

마음은 언제나 한곳에만 매달려 있다.
무엇을 원하건 무엇을 잃어버렸건
마음은 결국 스스로를 택한 바보일 뿐.

———————

운명이 그대를 시험한다면, 그 이유는 단 하나
그대가 겸손해지길 바라는 것! 말 없이 따르게나!

———————

아직 날이 저물지 않았다. 움직여라.
아무도 일할 수 없는 밤이 곧 오리라.

———————

그대는 세상을 어찌 할 셈인가?
세상은 이미 창조되어 있는데,
이 모든 것을 창조주는 생각해 내셨다.
그대의 운명은 이미 정해졌으니 이 방법을 따르게.
길이 시작되었으니 여행을 마무리하라.

근심과 걱정은 운명을 바꾸지 못하고
다만 그대를 영원히 휘청이게 만든다.

―――――――

구원도 희망도 다 끝장났다고
무거운 짐 진 이 탄식할 때
다정한 말은 그래도 여전히
그에게 힘이 되어 준다.

―――――――

"행운이 집으로 찾아왔을 때
그대들은 얼마나 서투르게 처신했던가!"
행운의 처녀는 그래도 나쁘게 생각지 않고
몇 번이고 다시 되돌아왔네.

―――――――

내가 받은 유산은 얼마나 멋지고 드넓고 아득한가!
시간이 내 재산이고, 시간이 바로 내 토지이니.

선한 사랑의 마음으로 선을 행하라!
그대의 후손에게 선을 물려주어라.
자식들에게 미치지 않는다 해도
손자들에게는 유용하게 될지니.

심오한 마음과 최고의 예지를 지닌
남자 중의 남자, 시인 엔베리[145]가 말한다.
정직함과 판단력 그리고 붙임성이
언제 어디서나 도움이 되리라.

무엇 하러 적들에 대해 한탄하는가?
그런 자들이 친구가 될 수 있단 말인가?
그들에겐 그대 같은 존재가

---

145) 12세기에 활동한 페르시아의 유명한 시인이다.

가만있어도 영원한 질책일 텐데.

———————

바보들이 현자들에게
이런 말 할 때
참는 것보다 더 바보 같은 일은 없다.
위대한 시절에 현자들은
겸손함을 보여 주어야 한다고.

———————

가령 하느님이 당신이나 나처럼
나쁜 이웃이라면
우리 둘은 모두 영예를 얻지 못했으리라.
하나 하느님은 모두를 생긴 그대로 놔두신다.

———————

고백하게나! 동방의 시인들이
우리 서방의 시인들보다 위대하다고.

다만 우리는 서로를 미워하는 데에서는
그들을 완전히 따라잡았다.

———————

요즘 세상 돌아가는 일을 보면
모두들 도처에서 으스대려만 한다.
물론 허세를 부릴 수 있지만
단지 자기가 아는 한도라야 한다.

———————

신이여 우리를 보호하사 분노를 내리지 마소서!
굴뚝새[146]들이 목소리를 높이고 있사옵니다.

———————

질투가 터져 나오려 몸부림칠 때면

———————

146) 매우 작은 새로 여기서는 소인들을 일컫는다. 디츠에 따르면 여기저기 다니며 말
    썽과 시비를 일삼는 아무 쓸모없는 이들을 '용감한 굴뚝새'라고 부르거나 터키에서
    는 그냥 '굴뚝새'라고 부른다고 한다.

저 자신의 허기를 먹도록 해 주어라.[147]

———————

존엄을 계속 유지하고 싶다면
꼿꼿한 모습을 보여야 한다.[148]
길들인 매로 무엇이나 사냥하지만
멧돼지만은 잡을 수 없으니까.[149]

———————

무슨 도움 되는 일이 있다고
성직자 도당들은 나의 길을 막는가?[150]

---

147) 페르시아의 속담을 바탕으로 한 시이다. 페르시아어에는 사건이나 사물을 우회적
   이거나 비유적으로 표현한 것이 많다. 예를 들어 어느 한 사람이 몰락했다는 표현을
   "그는 자신의 허기를 먹어 치운다."라고 말한다.
148) 거칠고 뻣뻣한 털이 있는 멧돼지를 가리킨다.
149) 이 시는 샤르댕의 『페르시아 항해』 제3권에 수록된 내용을 바탕으로 썼다. "사람
   들은 매를 길들여서 야생 동물을 사냥하는 데 쓴다. 그러나 멧돼지만은 매로 사냥할
   수 없다"
150) 괴테를 비난하던 로마 가톨릭 개종자들과 새로운 신비주의자들이라 불린 낭만주의
   자들과 자연철학자들을 염두에 둔 표현이다. 바이츠는 괴테가 '세속적 성직자
   (Pfaffen)'라는 단어를 '지배욕이 강하고 옹졸한 도당이나 파벌'이라는 의미로 확장

똑바로 보아서 파악할 수 없는 것은
삐뚤게 본다 해도 알아볼 수 없다.

───────

스스로 용감하게 싸운 이들을
사람들은 영웅이라 찬미하며 그 이름 부르리라.
더위나 추위의 괴로움을 스스로 겪어 보지 못한 이는
인간의 참된 가치를 알 수 없다.

───────

선한 사랑의 마음으로 선을 행하라.
네가 한 일로 복을 받진 않으리라.
설령 네가 복을 받더라도
그대 후손에게는 남아 있지 않으리라.

───────────────

해 쓰고 있다고 해석했다.

지독히 굴욕적인 약탈을 당하지 않으려면
그대의 금, 그대의 행방, 그대의 믿음을 감추라.[151]

도대체 어찌하여 어디를 가나
좋은 말과 멍청한 말을 함께 듣게 되는가?
요즘 사람들은 옛사람의 말을 되풀이하면서도
그 말이 마치 자신의 말인 양 믿고들 있다.

언제 어떤 경우라도
대드는 말에 말려들지 말라.
현명한 이가 무지한 자들과 논쟁하면
무지 속으로 떨어지는 법.

---

151) 코란에 나오는 구절을 카아티비 루미의 책에서 보고 변형한 것이다.

"진리란 왜 그리 멀고 아득합니까?
왜 저 가장 깊은 곳에 숨어 있습니까?"[152]

아무도 제때에 알지 못하기 때문이지.
올바른 때에 알 수만 있다면
진리란 가깝고, 두루 퍼져 있으며
멋지고 부드러운 것이라네.

자선이 어디로 흘러가는지
그대는 어째서 알려 하는가.
물속에 과자를 던져 보게.
누가 먹을지 그걸 어찌 알겠나.[153]

152) 이 시에서 인용 부호는 인용문을 나타내는 용법으로 사용되지 않는다. 세상을 잘
모르는 이가 의문을 표시하는 말을 직접적으로 서술한다는 의미에서 인용 부호를 사
용했다. 이러한 질문에 시인의 대답이 이어지는 형식이다.
153) 동방의 속담을 바탕으로 삼은 시이다. 괴테는 "그대의 빵을 물에 던져 보라. 누가
그것을 즐기게 될지 어찌 알겠는가."라는 구절을 『카부의 책』에서 읽었다고 기록해
놓았다. 하피스의 시에도 비슷한 구절이 있다. "좋은 일을 행하고 그것을 물결 속에

언젠가 내가 거미 한 마리를 죽였을 때
나는 생각하였다. 꼭 그랬어야 했는가?
신께서는 나처럼 거미에게도
하루하루 살아갈 몫을 베푼 것이거늘![154]

"밤은 어둡지만 하느님 계신 곳은 밝다.
왜 우리 세상도 그렇게 해 놓지 않으셨을까?"

얼마나 다채로운 공동체인가!
신의 식탁에는 친구와 적이 함께 앉아 있으니.

던져 넣으라." 좋은 일은 그것이 좋은 일이기 때문에 하는 것이고 그것으로 충분하
니 성공이나 고마움을 기대하지 말라는 뜻이다.
154) 이 시는 원래 「인도풍으로」라는 제목을 가지고 있었다. 그 사실에 비추어 볼 때
인도인이 살상을 금한다는 얘기를 괴테가 책에서 읽고 이 시를 지은 것으로 보인다.

───────

그대들은 내게 인색하다 하는구나.
그렇다면 내게 흥청대며 쓸 수 있는 걸 주게나.

───────

내가 그대에게 이 지방을 보여 주길 바란다면
그대 우선 지붕 위로 올라와야 하네.[155)]

───────

침묵하는 이는 걱정할 필요가 없다.
인간은 혀 밑에 감추어져 있으니까.[156)]

───────

155) 우선 높은 위치로 올라가야 주위를 조망할 수 있다는 의미이다.
156) 디츠가 번역한 『카부의 책』에 나오는 표현을 바탕으로 한다. "인간은 혀 밑에 감
    추어져 있으니까."라는 표현은 말속에 사람됨이 들어 있다는 의미이다. 이와 관련하
    여 "인간이 말하기 전에는 그의 가치를 알지 못한다."라는 표현 또한 그 책에 나온
    다고 한다.

하인 두 명을 거느린 주인은
보살핌을 잘 받지 못한다.
부인 두 명이 있는 집안은
깨끗이 빗질 되는 법이 없다.

세상 사람들아, 앞으로도 계속 이 말만 되뇌게.
"선생님께서 그렇게 말씀하셨다."[157]

---

157) 괴테는 그리스어 음역을 따라 독일어로 "Autos epha"라고 썼다. '그 자신이 이렇게
말했다.'라는 뜻이다. 피타고라스 학파의 사람들은 논쟁을 벌이다 주장의 근거에 대
해 질문받으면 "그(피타고라스)가 이렇게 말하였다."라고만 대답했다 한다. 이후 이
말은 권위 있는 이름만을 들며 주장하는 것을 비꼬는 표현이 되었다. 괴테는 이 표
현을 우선적으로는 뉴턴의 색채론을 맹목적으로 추종하는 이들을 비판하고 더 나아
가 종교적 교조주의자들이 근거 없이 권위를 내세우는 태도를 비꼬는 것으로 확대시
키고 있다. 즉 『카부의 책』을 번역한 디츠의 맹목적인 교조주의에 대한 비판이기도
하다. 디츠는 '아담'이라는 단어가 아랍어, 페르시아어, 터키어, 타타르어, 몽골어
에서 '인류 최초의 인간'이라는 뜻과 함께 '인간 전체'를 의미한다고 하면서 성경의
「창세기」가 글자 그대로의 진리를 포함한다는 증거로 내세웠다. 그는 또한 '하와'나
'이브'라는 단어 역시 이들 언어에서 찾아볼 수 있다는 사실도 근거로 들었다. 이
주장에 대해 바빙어는 이브라는 단어가 이들 언어에서 '여자' 일반을 의미하는 뜻으

남자와 여자를 아담과 이브라 부르니
그대들은 대체 무슨 말을 하는 건가?

─────

알라신께 무엇을 가장 감사해야 할까?
고통과 지식을 떼어 놓으신 것을 감사해야지.
자신의 병을 의사가 아는 만큼 알게 되면
모든 환자는 절망하고 말 테니까.

─────

어리석구나. 모두가 자기 일에 있어서는
자기 의견이 특별히 좋다고 내세우니.
이슬람이 신에게 자신을 맡기는 것을 뜻한다면[158]
우리 모두는 이슬람 속에서 살고 죽는 것이다.[159]

─────

로 쓰이지 않는다고 지적했고, 아담이라는 단어가 널리 쓰인 이유 또한 기독교와 이
슬람교가 구약 성서에 종속되어 있기 때문이라고 반박했다. 에커만과의 대화에서 괴
테 역시 「창세기」를 두고 비슷한 견해를 피력했다.
158) 실제로 아랍어에서 '이슬람'은 복종, 귀의, 화해라는 뜻이다.
159) 하느님에 대한 복종과 귀의 속에서 산다는 뜻으로 신약성서 중 「로마서」 14장 8절

누군가 세상에 나와 새로운 집을 짓는다
그는 사라지고 다음번 이에게 그 집을 남겨 준다
그이는 그 집을 다르게 고칠 것이니
결국 어느 누구도 그 집을 완성하지 못한다.

내 집에 들어오는 이는
내가 오랫동안 행해 온 일을 비판할 수 있다.
그러나 내가 그를 손님으로 인정하지 않으면
그는 문 앞에서 서성거려야 할 걸세.[160]

주여, 자그만 이 집[161]을

과도 관련이 있다. "우리는 살아도 주님을 위해서 살고 죽더라도 주님을 위해서 죽
습니다. 그러므로 우리는 살아도 주님의 것이고 죽어도 주님의 것입니다."
160) 방문자는 손님의 권리로 주인의 오래된 습속이나 성향을 비판할 수 있다. 그러나
손님으로 인정받지 못한다면 비판할 기회를 갖지 못한다는 의미이다.

받아 주소서.
더 큰 집을 짓는다 해도
이보다 더 나을 건 없습니다.

———————

그대는 영원히 안전하리라.
아무런 근심도 없는 두 친구
술잔과 노래 책을
아무도 그대에게서 다시 뺏지는 못하리라.[162]

———————

"추악한 이라 불린 로크만[163]이
얼마나 아름다운 노래를 만들어 냈는가!"
달콤함은 사탕수수에 있는 게 아니라

161) 신과 연관을 갖는 인간의 작품. 예술 작품을 의미한다.
162) 하피스는 포도주와 시가 일상의 근심을 치유하는 약이라고 찬양했다. 괴테 역시
    그 의견에 동조하고 있다.
163) 동방의 전설적인 예언자로 우화와 격언시를 짓기도 했다. 그의 외모는 몹시 추했
    으며 다리가 굽었다고 한다.

그것으로 만든 설탕이 달콤한 것이다.[164]

———————

동방은 장엄한 모습으로
지중해까지 밀고 들어왔다.[165]
하피스를 사랑하고 아는 이만이
칼데론[166]이 무엇을 노래했는지 안다.

———————

"어찌하여 그대는 왼쪽 손을
지나치게 치장하였는가?"
오른손이 왼손을 꾸며 주지 않는다면

———————

164) 중요한 것은 작가가 아니라 작품이라는 의미이다.
165) 스페인은 711년에서 1492년까지 아랍의 지배 아래 있었다. 지브롤터 해협이 정복
    된 이후 스페인은 이슬람의 중요한 문화 중심지가 되었으며, 특히 막 생성되던 유럽
    문명과 이슬람 문명 사이의 풍요로운 교류가 이루어진 곳이었다.
166) 스페인의 극작가로 종교적, 철학적, 역사적 희곡을 120여 편이나 썼다. 아랍 문화
    를 받아들여 엄격한 구조와 기교가 풍부한 작품 구성으로 완성도 높은 작품을 써서
    스페인 연극의 최고봉을 이루었다. 독일에는 1813년 아우구스트 쉴레겔에 의해 소개
    되었는데, 괴테는 그를 높이 평가했다.

대체 왼손은 무엇을 해야 한단 말인가?[167]

———————

그리스도의 당나귀를
메카로 몰고 간다 해서
말을 더 잘 듣지는 않는다.
당나귀는 여전히 당나귀일 뿐.[168]

———————————

167) 페르시아의 우화를 읽고 이 시를 지었다고 한다. 그 이야기는 다음과 같다. "사람
   들이 쉼쉬드에게 왜 왼손만 보석으로 치장했느냐, 오른손은 그럴 가치가 없느냐."라
   고 물었다. 그러자 그는 "오른손은 오른손이라는 자체가 이미 커다란 치장이기 때문
   에 그럴 필요가 없다."라고 대답했다. 비슷한 내용의 다른 이야기도 있다. 어느 높
   은 분에게 사람들이 물었다. "왼손에 비해 오른손이 훨씬 민첩하고 능숙하며 활동이
   많은데 왜 아름다운 반지를 왼손에 꼈습니까?" 그러자 그가 대답하기를, "그대는 덕
   이 많은 이가 어떤 연유로 존경받는지 모르는가. 행복을 불러일으키고 재화를 만들
   어 내는 이가 바로 다른 이에게 덕과 행복을 가져다주는 것이라네."라고 했다. 더
   나아가서 이 시는 괴테가 서양(오른손)을 희생하면서 동양(왼손)을 찬양한다는 비판
   에 대한 대답으로 해석되기도 한다.
168) 동방의 속담에 "예수의 당나귀를 성지로 데려가도, 그놈은 돌아올 때면 여전히 당
   나귀이다."가 있고 서양 속담에도 비슷한 말이 있다. "당나귀는 로마로 데려가도 당
   나귀이다."

진흙을 밟으면
단단해지지 않고 퍼져 버린다.

하나 고정된 틀에 넣고 세게 누르면
형태가 생기게 된다.
그와 같은 돌을 그대는 알고 있을 걸세
유럽인들이 피제[169]라 부르는 것이네.

선한 이들이여, 슬퍼하지 말라!
실수하지 않는 사람은 다른 이의 실수를 금방 알아챈다
하나 실수하는 사람만이 제대로 잘 알아서
다른 사람의 올바른 행동을 분명하게 알아차린다.

---

169) 프랑스어로, 건축 용어이다. 진흙을 다져 만든 벽돌 또는 판자 사이에 다져 넣는
건축 자재를 말한다.

─────────

"그대에게 선을 베풀어 준 많은 이들에게
그대는 고마움을 표하지 않았구나!"
그런 비난에 나는 상처받지 않는다
그들의 선물이 내 가슴속에 살고 있으니까.

─────────

좋은 평판을 얻도록 노력하라.
그리고 사리 판단을 잘하라.
그 이상을 바라는 자는 망하리라.

─────────

격정의 파도가 육지를 덮치지만
움직이지 않는 육지를 어찌할 순 없다.
그래도 파도는 바닷가에 시의 진주를 던져 놓으니
그것은 이미 인생의 소득이다.[170]

---

170) 격정을 통해 시가 만들어지는 과정을 주제로 삼고 있다. 진주 모티프는 하피스의

친한 사람
당신은 그렇게 많은 부탁을 들어주셨습니다
설사 그 부탁이 당신에게 해로운 것이라 해도.
저 착한 사람은 아주 작은 것을 원했으니
아무런 위험도 없지 않습니까.

바지르
그 착한 사람은 아주 작은 것을 바랐지.
내가 그의 소망을 즉시 들어주었다면
그는 당장 파멸했을 것이네.

_____

늘상 벌어지는 일이긴 하지만
진리가 오류 쪽으로 끌리면 좋지 않다.
그게 진리에겐 종종 기분 좋은 일이지만
누가 아름다운 진리 부인을 힐난할 수 있겠는가?

시에도 자주 등장한다.

오류 선생, 진리 부인과 결혼하고 싶다면
분명 진리 부인을 기분 나쁘게 할 걸세.

———————

내가 매우 불쾌하다는 사실을 알아 두게.
그렇게 많은 이들이 노래하고 지껄이고 있다니!
누가 시를 세상에서 추방하는가?
바로 시인들이라네!

티무르 시편[171]

171) *Timur Nameh*. *Buch des Timur*. 대담한 원정으로 페르시아, 러시아, 인도, 시리아
등을 정복한 몽고의 지배자 티무르 렝(1336~1405)을 가리킨다. 그는 중국 대원정에
나섰다가 69세의 나이로 죽음을 맞이했다. 하피스는 노년을 그의 폭정 아래 보내야
했는데 이는 그가 젊은 시절에 제드샤 왕의 평화로운 통치 아래서 혜택을 받은 것과
는 대조된다. 괴테는 종종 제드샤 왕을 아우구스트 공과 비교했다.

겨울과 티무르[172]

이제 겨울은 강력한 분노로
티무르와 그의 군대를 둘러쌌다.
모든 병사들에게
자신의 얼음 입김을 흩뿌리며
겨울은 사방에서 바람을
그들에게로 몰아붙였다.
강력한 힘으로
서릿발 같은 폭풍우를 퍼붓고
야전 회의장에 내려와
티무르를 위협하며 소리쳤다.
"천천히, 가만히, 움직여라.
불행한 자여, 그대 불의의 폭군이여.
얼마나 더 오래 그대의 불꽃으로
사람들의 심장을 불태우려 하는가?
그대가 저주받은 악령이라면
좋다! 나 또한 다른 악령이다.
그대는 노인이고 나 또한 그렇다.
우리는 이렇듯 대지와 사람들을 얼어붙게 만든다.

---

172) 괴테는 이 시편에서 티무르를 동시대의 나폴레옹과 견주어 서술하며, 티무르의 중
국 정복을 위한 겨울 원정과 실패를 1812년에서 1813년에 걸친 나폴레옹의 러시아
원정의 실패와 비교하고 있다.

그대는 전쟁의 신 화성이고 나는 대지의 신 토성이다.
무서운 작용을 하는 별들,
우리가 짝을 이루면 가장 무서운 별들이 된다.
그대는 영혼을 죽이고
무서움에 대기가 얼어붙게 하지만
나의 대기는 그대보다도 더욱 차디차다.
그대의 거친 군대가 신앙심 깊은 이들을
수없는 고문으로 괴롭힌다만
분명, 신이 계신다면 나의 계절에는,
더 무서운 일을 겪으리라!
신에게 맹세코! 나는 그대에게 인정사정 두지 않으리라.
내가 무슨 벌을 내리는지 신도 아시리라!
틀림없으리! 죽음 같은 추위로부터
오 백발노인이여, 아궁이에서 타오르는 석탄의 불꽃도
12월의 어떤 불길도 그대를 지켜 주지는 못하리라."

줄라이카에게

좋은 향기로 그대를 어루만져
그대의 기쁨을 높여 주기 위해서는
수천의 장미가 꽃봉오리인 채로
타오르는 불꽃 속으로 사라져야 한다.[173]

향기를 영원히 담아 둘
손가락 끝만큼 가느다란
향수병 하나를 얻기 위해서는
하나의 세계 전체가 필요하다.

삶의 충동으로 가득한 세계
밤꾀꼬리[174]의 사랑과
영혼을 울리는 그의 노래를
열망에 가득 차서 예감하던 세계 전체가.

우리의 기쁨을 더해 주는

---

173) 장미 향수를 만드는 과정을 표현한 것이다. 장미 꽃잎을 압착하여 만든 액을 강한
    불로 증류하여 장미 향수를 만든다고 한다.
174) 밤꾀꼬리는 페르시아에서 사랑의 상징이다. 특히 장미에 대한 이 새의 사랑은 널
    리 알려진 모티프로 하피스의 시에서도 자주 등장한다. 영혼을 울리는 밤꾀꼬리의
    노래 또한 유럽 문학과 페르시아 문학에서 중요한 모티프였다.

장미의 수난을 우리는 괴로워해야 하는가?
티무르의 지배를 위해서[175]
많은 영혼이 죽었어야 하지 않았던가?

---

175) 자신의 제국을 위해 많은 사람들을 희생시킨 티무르를 향수 한 병을 만들기 위해
많은 장미꽃을 희생시켜야 하는 향수 제조자에 비유하고 있다.

줄라이카 시편[176)

지난밤 잠 속에서 나는
달을 보고 있다고 생각하였다
그러나 깨어나 보니
어느 사이엔가 해가 떠올라 있었다

176) *Suleika Nameh, Buch Suleika.* 「사랑 시편」에서 사랑의 여러 형태와 관련 인물들이 묘사되었다면 「줄라이카 시편」에는 단 한 쌍의 연인만 나온다. 이 연인은 사랑의 본 보기로서 대표성을 띠지만 이는 일회적이고 특수한 경우이다. 따라서 이 시편에서 사랑은 괴테가 「리다 시편」이나 「로마 비가」, 그 밖의 소네트 등에서 묘사하고 있는 사랑과는 다르다. 연인 중 하템은 나이든 노인이고 줄라이카는 젊지만 성숙한 여인 이다. 두 사람이 번갈아 가며 말하는 형식으로 줄라이카가 화자가 되기도 한다. 이 러한 대화시들은 두 사람의 목소리가 세계의 전체성을 만들어 냄을 보여 준다. 이 시편의 대부분은 1815년 여름과 가을에 걸쳐 쓰였다. 괴테는 1814년 7월에 프랑크푸 르트에서 그곳 은행가의 부인인 마리안네 폰 빌레머를 만나 사랑에 빠지는데, 당시 그는 함머가 번역한 하피스의 시집을 읽고 있었다. 1815년 여름에 괴테는 다시 한 번 라인 강과 마인 강 지역을 여행하면서 프랑크푸르트 근처의 게르버뮐레에 있는 빌레 머의 별장에 초대받아 그곳에서 몇 주 동안을 마리안네와 함께 지낸다. 그 후 9월에 하이델베르크를 방문하고 거기에서 뒤따라온 마리안네와 재회한 뒤 마지막 이별을 한다. 괴테는 그 여름과 가을 사이에 「줄라이카 시편」의 대부분을 썼다. 하피스의 시가 노래하는 사랑과 합일의 테마와 마리안네와의 사랑 경험이 융합되어 줄라이카 시편이 완성된 것이다. 특히 마리안네를 동방의 사랑 전설 중에서 최고의 여인이라 불리는 줄라이카로 형상화하고, 당시 65세이던 괴테 자신은 하피스의 시에 자주 나 오는 나이든 시인 하템으로 그린 것은 「줄라이카 시편」을 단순한 전기적인 연애시가 아니라, 동방과 서방을 연결하고 개인적 체험을 보편적 주제로 확장시킨 예술성 높 은 문학 작품으로 만들어 주고 있다.

초대[177]

오늘을 피해 도망가지 마시오. [178]
그대가 급히 맞으려는 그날이
오늘보다 더 좋지는 않을 테니까.
그러나 세계를 얻기 위해
세계를 버린 이곳에[179]
그대가 즐겁게 머물러 준다면
그대는 나와 더불어 안전할 것이오.
오늘은 오늘이고 내일은 내일
다가올 일은 예견할 수 없고
지나가 버린 일은 머물러 있지 못한다오.
사랑하는 이여, 그러니 이곳에 머물러 있어 주오.
그대가 모든 것을 내게 가져다주고 있지 않소.

---

177) 괴테는 하피스의 다음 시에서 자극받아 이 시를 썼다고 한다. "안식을 원하는가
    하피스여/ 그렇다면 이 소중한 충고를 따르게나/ 사랑스러운 것을 찾고 싶다면/ 세
    상에서 벗어나 세상을 그대로 내버려 두게나"
178) 하피스의 시에 나타나는 '세상으로부터의 도피'라는 모티프와는 반대되는 표현이
    다. 그러나 5행에서 이 진술이 변형되면서 다시 논의되고 있다.
179) '세계를 얻기 위해 세계를 버려야 한다.'는 생각은 신약성서에서 영감을 얻은 괴
    테의 아포리즘에도 등장한다. "우리가 존재하기 위해 우리의 존재를 포기한다는 데
    바로 모든 예술 작품의 근본이 놓여 있다."

줄라이카가 유소프에게 반한 것은
아주 자연스러운 일이다.
그는 젊었고, 젊음은 총애를 받으며
그는 황홀하다 할 만치 아름다웠으니.
줄라이카도 아름다웠으니, 두 사람은 서로 행복할 수 있었다.
이제야 그대는, 내 그렇듯 오랫동안 고대하던 그대는
불타는 젊음의 눈길 내게 보내며
나를 사랑하고 내게 늦은 행복을 주는구려.
그것을 내 노래는 찬양하리라.
나 그대를 영원히 줄라이카라 부르리라.

그대가 이제 줄라이카라 불리니
내게도 이름이 있어야겠소.
그대의 연인을 칭송할 때면
하템!이라 불러 주오. [180]

---

180) 시인은 사랑하는 연인을 줄라이카라 부를 수는 있어도 자신을 줄라이카의 연인 유
소프라 부를 수는 없다. 왜냐하면 유소프는 동방에서 아름다운 젊은이의 전형이기
때문이다. 그래서 그는 귀족적인 관대함으로 유명한 아랍인 하템 타이의 이름을 따
왔다. 하피스의 시에도 그 이름이 여러 번 등장한다.

그러나 내가 그 이름을 가졌다 해도

주제넘게 생각하진 않는다오.

누가 자신을 성 게오르크[181]라 칭한다 해도

자신이 성 게오르크라고는 생각하진 않잖소.

가난한 나는 모든 것을 베푸는 분이신

하템 타이[182]가 될 수는 없다오.

모든 시인들 중에서

가장 풍요롭게 산 시인인

하템 초그라이[183]가 되고 싶지도 않다오.

하지만 그들을 늘 생각하는 것이

그리 비난받을 일은 아닐 거요.

행복의 선물을 주고받으면

언제나 커다란 즐거움일 테고,

---

181) 십자군 원정 이래 기사와 말들을 수호하는 성자로 여겨졌다. 동방의 교회에서는 위대한 순교자로 존경받는데 이슬람교도들에게도 매우 잘 알려진 성자이다.

182) 함머가 번역한 하피스의 시집에는 하템 타이에 대해서 아랍인 중 최고의 자선가라는 설명이 두 번이나 나온다.

183) 괴테가 이 시를 라인 강과 마인 강 지역을 두 번째 여행 중이던 1815년 5월에 썼기 때문에 하피스의 시집 외에 다른 아랍 관련 서적을 참조할 수 없었다. 따라서 하템 초그라이라는 이름은 아랍어로 시를 쓴 페르시아 시인 아부 이스마일 투가리를 잘못 쓴 것이라는 데 해석자들은 의견을 같이 한다.

사랑하며 서로 기운을 북돋아 주면
천상의 지극한 기쁨이 될 것이오.

하템[184]

기회가 도둑을 만드는 게 아니고
기회 자신이 가장 큰 도둑이구려.
내 가슴에 아직 남아 있던 사랑을
바로 기회가 훔쳐 갔으니 말이오.

내가 일생 동안 얻은 모든 것을
기회가 그대에게 넘겨주었으니
내 삶은 이제 가련해져서
나 그대의 분부만을 기다리려오.

홍옥처럼 빛나는 그대 눈길 속에서
나는 벌써 그대의 자비를 느끼고
그리하여 그대의 품 안에서
새로워진 나의 운명을 기뻐한다오.

---

184) 자기 자신을 잃어버려도 연인을 통해 새로운 자신을 찾게 된다는 모티프가 이 시
편에 반복해 나온다. 이 시부터는 하템과 줄라이카가 서로 이야기를 주고받는 형식
으로 진행된다. 이 시는 괴테가 프랑크푸르트의 마리안네 집에서 머물던 1815년 9월
에 쓴 것으로 마리안네를 염두에 두고 쓴 가장 오래된 시에 속한다.

줄라이카[185)]

당신의 사랑에 너무 행복하여
나 기회를 나무라지 않겠어요.
기회가 당신에겐 도둑이 되었지만
그 도둑질이 나를 더없이 기쁘게 해 주네요![186)]

그런데 왜 도둑을 맞으세요?
스스로 당신을 내게 주세요.
나는 기꺼이 믿고 싶어요.
당신을 훔친 이가 바로 나라고.

당신이 기꺼이 주신 것이
당신에게 훌륭한 보답을 해 줄 거예요.

---

185) 이 시를 통해 비로소 두 사람이 서로 노래를 주고받는 「줄라이카 시편」의 특징이
    잘 드러난다. "스스로", "기꺼이 믿고", "너무 행복하여" 등 줄라이카의 말에 나타
    나는 열정적 환호가 이 시편이 묘사하는 사랑의 특성을 잘 보여 준다. 나중에 밝혀
    진 바에 따르면 이 시는 원래 마리안네가 괴테의 시에 대한 답변으로 써서 보낸 것
    인데, 그것을 괴테가 다시 손질하여 『서동 시집』에 수록한 것이라고 한다. 이 시 외
    에도 그녀가 쓴 것으로 추정되는 시가 이 시편에 여러 편 들어 있다. 하템과 줄라이
    카가 서로 주고받는 시들이 실제로 두 연인이 주고받은 사랑의 시들로 이루어졌다는
    사실은 「줄라이카 시편」의 독특한 성격을 잘 말해 준다.
186) 사랑하는 연인을 '마음을 빼앗아간 이'로 보는 모티프는 하피스의 시에도 자주 나온다.

내 평안, 내 풍요한 삶을
기쁜 마음으로 드리니 받아 주세요!

농담하지 마세요, 가련이라니요!
사랑이 우리를 풍요롭게 하잖아요?
당신을 내 품에 안고 있으면
내 행복 비길 데 없이 지극해요.

주위가 그렇듯 혼미하다 해도
사랑하는 이는 길을 잃지 않습니다.
라일라와 마즈눈이 부활한다면
제게서 사랑의 길을 배울 수 있을 것입니다.

사랑하는 당신을 애무하고
신과 같은 목소리를 들을 수 있을까요?
장미는 언제나 어루만질 수 없고
밤꾀꼬리 노래는 알 수 없다는데 말이에요.[187]

---

187) 하피스의 시에서는 장미와 밤꾀꼬리가 함께 언급되곤 한다. 하피스에게 장미는 실
   제적이고 손에 잡힐 듯하지만 또한 불가사의하고 알 수 없는 존재다. 왜냐하면 장미
   는 아름다움과 완성을 의미하며, 그것은 바로 불가사의함과 자유로움, 놀라운 신적
   인 체험의 시작이기 때문이다. 직접적으로 주어진 것 속에, 즉 장미와 밤꾀꼬리, 사
   랑하는 여인 속에 무한함이 들어 있다는 뜻이다.

줄라이카

유프라테스 강을 배로 건널 때
며칠 전 당신한테서 받은 금반지가
그만 손가락에서 미끄러져
강물 속으로 빠져 버렸어요.

그건 꿈이었어요. 눈을 뜨니
나무 사이로 아침 햇살이 비쳤어요.
말해 주세요, 시인이여. 말해 주세요, 예언자여!
이 꿈이 무엇을 뜻하는지.[188]

하템[189]

그것을 내 한번 풀어 보리다.

그대에게 내 자주 얘기하지 않았소.
베니스의 총독이 반지로 어떻게
바다와 한 몸을 이루는지.

반지가 그대의 손가락에서
유프라테스 강으로 떨어진 것도
그와 마찬가지라오.
오, 달콤한 꿈이여, 그대는
수많은 천상의 노래처럼 나를 황홀하게 해 주는구려.

새로운 대상 행렬과
홍해까지 가기 위해
인도스탄에서 다마스쿠스까지
배를 타고 가는 나를.

그런 나를 그대는
그대의 강과 테라스와 숲과

의 승천날에 배를 타고 나가 반지를 바다에 던져 바다와 베니스를 상징적으로 연결
하는 행사에 비유하고 있다. 대화체인 이 시는 경쾌하고 암시가 많으며 동시에 절제
된 감정을 품고 있어 노년의 문체다운 함축성을 보여 준다. 마리안네 곁을 떠나지만
그녀와 정신적으로 연결되어 있다는 의미로도 해석된다.

하나 되게 짝 지어 주는 것이라오.
마지막 입맞춤까지 그대에게
여기 내 영혼을 바치려오.

나는 남자들의 눈빛을 잘 알아요.
그것은 "사랑하오, 괴롭소!
갖고 싶소, 절망스럽소!"라고 말하지요.
그 이상의 것도 처녀들은 알아요.
하지만 이 모든 게 저한테는 소용없어요.
저를 사로잡지는 못하니까요.
그런데, 하템, 당신의 눈길이 있어
비로소 한낮은 빛을 발하지요.
당신의 눈길은 이렇게 말해요.
"그녀가 마음에 들어.
지금까지 만났던 그 누구보다도.
모든 정원의 자랑이자 영광인
장미와 백합을 지금 나는 보는 건가.
지상을 멋지게 꾸며 주는 보석인
실측백과 미르테 나무와 제비꽃을
지금 나는 보는 건가.
곱게 단장한 그녀는 하나의 기적
우리를 놀라움에 사로잡히게 하고
힘을 주고, 치유해 주고, 축복을 내려 주어
우리를 건강하게 만들어 주네
그래서 기꺼이 다시금 병나고 싶게 만들어 주네."

그렇듯 당신은 줄라이카를 바라보며
병이 났다가 건강해지고
건강해졌다 다시 병이 나서
이 세상 그 누구에게도 지은 적 없는
그런 미소를 지으며 저를 바라보네요.
그러면 줄라이카는
그 눈길이 말해 주는
영원한 뜻을 느낍니다.
"그녀가 마음에 들어,
지금까지 만났던 그 누구보다도."

은행나무[190]

동방에서 와 내 정원에
맡겨진 이 나무의 잎은
비밀스러운 의미를 담고 있어서
그걸 아는 사람을 감동시킨다.

두 쪽으로 갈려 있는
이 잎은 본래 한 몸인가?
사람들에게 하나로 보이는
이것은 본래 두 개인가?

이런 물음을 궁리하다가
나 그 참뜻을 깨달았다.
그대는 내 노래에서 역시
내가 하나이며 또한 둘임을 느끼지 않는가?[191]

---

190) 은행나무는 원래 유럽에서는 자라지 않았는데 1754년에 일본에서 전래되었다. 괴
테가 이 시를 쓸 당시인 1815년에는 독일에 은행나무가 그리 많지 않았다고 한다.
은행나무 잎의 가운데가 갈려 있어서 마치 두 개의 잎이 하나로 자란 것 같은 모양
에 괴테는 특별한 관심을 품고 있었다. 하나이면서 동시에 두 개인 것을 비유하며
괴테가 은행나무 잎을 언급한 것은, 단순한 상징을 통해 세계의 깊은 의미를 드러내
야 한다는 괴테의 문학관과도 연관이 있다. 특히 사물의 깊은 의미는 그것을 아는
이에게만 드러난다는 이 시의 주장은 『서동 시집』의 전체에도 해당된다.

줄라이카

당신은 많은 시를 쓰셨지요.
이 사람 저 사람에게 당신의 노래를 바치셨지요.
당신의 손으로 곱게 적어서
멋지게 묶은 다음
금빛 테로 장식하고
점 하나 선 하나까지 완벽하게 마무리한
우아한 시집을 여러 군데 보내셨지요?
당신이 그런 시집을 바친 것은
분명 언제나 사랑의 증표였지요?[192]

하텀

그렇소, 강렬하고 사랑스러운 눈빛과
사로잡을 듯한 황홀한 미소

---

191) 『서동 시집』에 들어 있는 마리안네의 목소리. 하템과 줄라이카가 주고받는 대화, 그리고 더 나아가서 『서동 시집』 전체가 동방과 서방의 이중 시점을 가지고 있다는 점을 암시한다.
192) 마리안네는 헤르만 그림에게 보낸 1856년의 편지에서 이 시를 자신이 썼다고 기억하고 있다. 그런데 부르다하는 시풍이나 문체로 보아 마리안네의 것이라 보기 어렵다는 해석을 내린다. 다른 한편으로 이 시를 괴테가 초판본이 나온 후에도 계속 고치려 했다는 사실을 들어 이 시의 초고는 마리안네의 시를 괴테가 대폭 손질한 것이라는 해석도 있다.

198

눈부시게 빛나는 치아와
활처럼 휜 속눈썹, 굽이치는 곱슬머리
목덜미와 가슴에서 풍기는 매력에
수천 번의 유혹을 느꼈다오!
이제 생각하니, 이 모든 것이 오래전부터
줄라이카를 예견하고 있었구려.[193]

---

193) 하피스가 자신의 시에서 즐겨 사용했던 모티프인 사랑스러운 시선, 황홀한 미소, 빛나는 치아, 고운 속눈썹, 굽이치는 곱슬머리 등이 모두 줄라이카에게 있다는 의미 이다. 줄라이카는 시인이 시적으로 선취해 놓은 존재와도 같다.

줄라이카

태양이 떠오릅니다! 이 얼마나 멋진 모습인가요!
그런데 초승달이 태양을 감싸고 있네요.
누가 이 한 쌍을 짝 지어 주었을까요?
이 수수께끼를 어떻게, 어떻게 풀어야 하지요?[194]

하템

술탄이 그렇게 만들었다오. 그가 바로
세상에서 가장 고귀한 한 쌍을 결합시켰다오.
충성스러운 병사 중 가장 용감한 이
선택받은 이를 기리기 위해.

그것은 또한 지극히 기쁜 우리들의 모습이라오!
거기서 나는 다시금 나와 그대의 모습을 본다오.
사랑하는 이여, 그대가 나를 그대의 태양이라 부르니
그대 달콤한 달이여, 이리와 나를 안아 주오!

---

194) 이 시는 터키의 문장과 훈장 문양을 모티프로 삼고 있다. 이 문양은 상현달의 가
   운데 쪽에 커다란 별이 자리 잡은 모양으로 괴테는 이 별을 태양으로 그리고 있다.
   이 시를 쓰게 된 직접적인 동기는 마리안네가 1815년에 터키 상인으로부터 전해 받
   은 달 모양의 훈장을 괴테에게 준 데서 기인한다.

사랑스런 이여, 이리 와 주오! 터번을 감아 주오!
그대 손으로 감아야만 터번이 아름답다오.
이란의 최고 권좌에 앉은 압바스[195]도
이보다 멋지게 감은 터번은 보지 못했을 것이오!

알렉산더 대왕의 머리를
멋지게 감고 있던 띠도 터번이었소.
그의 후계자들과 다른 왕들도
왕의 장식으로 터번을 좋아했다오.

우리 황제의 머리를 장식해 주는 것도 실은 터번이라오.
사람들은 그것을 왕관이라 부르지만 이름이 무슨 상관이오!
보석과 진주는 눈을 황홀하게 해 주어도
가장 아름다운 장식은 역시 모슬린[196] 천이라오.

여기 이 은빛 줄무늬의 순백색 터번을
사랑하는 이여, 내 머리에 감아 주오.
군주의 위엄이 무엇인지 나는 잘 안다오!

195) 대왕의 칭호를 받는 이란의 왕 압바스 1세(재위 1588~1629)를 가리킨다.
196) 가볍고 섬세한 실로 짠 천으로 터번을 만드는 데 쓰인다.

그대가 나를 바라볼 때면, 나는 군주만큼 위대해진다오.

내가 원하는 것은 아주 적다오
모든 것이 마음에 들기 때문이라오.
내가 원하는 이 적은 것도
세상은 내게 이미 다 베풀어 주었다오!

때때로 나는 기분 좋게 술집이나
좁다란 집 안에 앉아 있곤 한다오.
혼자 앉아 그대를 생각할 때마다
내 영혼은 거침없는 정복의 길로 나선다오.

티무르의 제국이 그대를 받들고
그의 군대가 그대에게 복종하게 하겠소.
바다크샨[197]은 그대에게 루비를
카스피 해는 터키옥을 바치게 하겠소.[198]

태양의 나라 부하라[199]에서는

---

197) 오늘날의 아프가니스탄 국경 지대에 위치했던 지역 이름이다. 루비 생산지로 유명
했다.
198) 카스피 해에서 나는 터키옥이라는 의미가 아니라 카스피 해 연안의 페르시아 지역
에 있는 고라 산을 의미한다.
199) 오늘날의 우즈베키스탄 지역이다.

꿀처럼 달콤한 말린 과일을,
사마르칸트에서는 비단 종이에 쓴
수천의 사랑 노래를 바치게 하겠소.

그대를 위해 내가 오르무스[200]에
무엇을 주문했는지 기쁘게 읽어 주오.
모든 상인들이 그대를 위해
바삐 움직이고 있소.

브라만의 나라[201]에서는
수천의 손들이 힘을 모아
그대를 위해 인도의 온갖 찬란함을
모직과 비단 위에 수놓고 있다오.

그렇다오, 사랑을 찬미하기 위해
수멜푸르[202]에선 하천들을 파헤쳐

---

200) 인도양에서 페르시아 만으로 가는 길목에 있는 섬으로 해외 무역의 중요한 거점이
    었다.
201) 브라만은 인도의 카스트 제도 중 가장 상층 계급이다. 여기서는 인도 전체를 가리
    킨다.
202) 갠지스 삼각지에 위치한 지역으로서 다이아몬드 생산지로 유명하다.

흙과 모래, 돌더미와 자갈에서
다이아몬드를 건져 내고 있다오.

페르시아 만[203]에선 잠수부들이
대담하게 진주조개를 캐고
그대를 위해 이름난 전문가가
그 진주를 실에 꿴다오.

그리고 마지막으로 바스라[204]는
향료와 향을 배에 싣고,
세상을 매혹시키는 모든 것을
대상들은 그대에게 가져온다오.

그러나 이 모든 황제의 보물은
결국은 눈을 현혹할 뿐,
진실로 사랑하는 사람들은
오로지 서로의 마음에서만 행복을 느낀다오.

---

203) 페르시아 만은 세계적인 진주 채취 지역으로 꼽힌다. 잠수부들이 바다 속으로 들
   어가 바위에 붙은 조개를 떼어 내는 방식으로 진주를 채취한다.
204) 아랍의 가장 중요한 상업 중심지이다. 향료와 향이 이곳에서 생산된다는 의미가
   아니라 인도와 아랍에서 나는 그 물품들이 거래된다는 뜻이다.

발흐, 부하라, 사마르칸트[205]를,
이 황홀하고 허황한 도시들을
사랑하는 이여, 나 그대에게
아무 주저 없이 바치렵니다.

하지만 황제에게 한번 물어보세요
그 도시들을 그대에게 줄 수 있겠는지.
황제는 나보다 위대하고 현명하지만
어떻게 사랑해야 하는지는 알지 못한다오.

황제여, 당신은 결코 그런 선물을
할 수 없을 것입니다!
그대처럼 멋진 여인이 있어야 하고,
나처럼 가난뱅이여야 가능한 일이라오.[206]

---

205) 아랍의 도시 이름들이다.
206) 황제보다 거지가 더 좋다는 모티프는 하피스의 시에도 자주 등장한다. "나는 황제보
　　다는 차라리 거지이고 싶다."라는 표현이 그중 한 예이다.

멋지게 써서
화려하게 금박 테를 두른
오만한 시들을 보고
그대는 미소 짓는구려.
그대의 사랑과
그 사랑으로 얻은 행복을 뽐내는 걸
그대는 용서해 주고
나의 고상한 자화자찬을
용서해 주시는구려.

자화자찬이라!
질투하는 자들에게만
불쾌한 냄새가 나겠지.
친구나 나 자신에겐 그윽한 향기라오.

존재의 기쁨[207]은 크지만
그대와 함께 존재하는 기쁨[208]은 더욱 크다오.
줄라이카여 그대는

---

207) 존재하는 것에 대한 기쁨을 말한다.
208) 존재에 대한 자각과 사랑을 통해 새로운 세계가 열린 것을 기뻐한다.

나를 한없이 행복하게 해 주는구려
그대의 열정을
마치 공처럼 내게 던져 주면[209]
나 그것을 잡아
그대에게 바친 내 전부를
그대에게 다시 던지오.
그런데 그것은 한순간일 뿐!
곧이어 프랑크인이, 때론 아르메니아인[210]이
그대에게서 나를 떼어 놓는구려.

그러나 아아 줄라이카여,
그대가 내게 쏟아 부은
수천 겹의 행복을 새롭게 펴고
그대가 엮어 준 수천 가닥의
행복의 오색실을 풀려면
몇 달, 몇 년이 걸릴 것이오.

---

209) 공을 서로 던지고 받는 놀이는 은행나무 잎처럼 상호 연관성과 주고받음을 의미하
    는 중요한 상징이다. 하피스의 시에서는 이 공놀이 모티프가 시 쓰는 일에 대한 비
    유로 나오기도 한다.

210) 아랍에서 볼 수 있는 유럽 여행자나 상인들을 대개 "프랑크인"이나 "아르메니아
    인"으로 불렀다. 여기서 시인은 여행자의 역할로 나오고 있다.

그에 대한 보답으로
시의 진주를 바칩니다.
이것은 그대 사랑의
거센 파도가
내 삶의 쓸쓸한 해안에 던져 준 것.
이 진주들을
가만히 손끝으로 집어내어
보석과 금장식으로
엮어서
그대의 목에 걸고
그대의 가슴에 걸어 주오!
겸손한 조개 속에서 자라난
알라의 빗방울이라오.[211]

---

211) 진주를 하느님의 영감으로 쓴 시에 비유했다.

사랑에 사랑을, 시간에 시간을
말에 말을, 눈길에 눈길을
사랑스러운 입, 입맞춤에 입맞춤을
숨결에 숨결을, 행복에 행복을.
저녁에도 그렇게, 아침에도 그렇게!
그런데 그대는 여전히 나의 노래에서
남모르는 근심을 알아채는구려.
그대의 아름다움에 답할 수 있게
유소프의 매력을 빌려 오고 싶구나.[212]

---

[212] 하이델베르크에서 마리안네와 마지막으로 헤어지기 전날에 쓴 시이다. 여기서 헤
어진 뒤 두 사람은 다시 만나지 못하고 편지를 통해서만 교류를 계속했다.

줄라이카[213]

백성들, 하인들 그리고 승리자들은
인간의 최고 행복이란
오로지 인격이라고
늘 고백합니다

스스로를 잃어버리지 않는다면
어떤 삶도 헤쳐 나갈 수 있어요.
지금의 상태로 그냥 머물러 있으면
모든 것을 잃어버릴 수도 있답니다.

하템

그럴 수도 있지! 그렇게들 얘기하지요.
그러나 나는 다른 생각이라오.

---

213) 하이델베르크에서 마리안네가 떠나던 날에 쓴 시로 다음에 나오는 하템의 시와 함
께 한 쌍을 이룬다. 이 두 대화 시는 프로이트가 『정신분석 강의』에서 나르시즘과
사랑에 빠진 상태라는 대립 상황을 설명하는 예로 들어 유명해지기도 했다. 또한 개
성과 인격에 대해 말하는 줄라이카 시의 첫 연은 독립된 시로 낭송될 정도로 유명하
다. 여기서 '인격'의 일반적인 의미는 '호머라는 인물'이라는 표현처럼 어떤 한 사람
의 전체를 의미한다. 그러나 또한 '프리드리히 대왕의 인격'처럼 어떤 한 인물을 그
사람답게 하는 개성이나 성격을 의미하기도 한다. 괴테 시에는 두 번째 의미에 비중
이 실려 있지만 첫 번째 의미 역시 포함되어 있다고 볼 수 있다.

이 세상의 모든 행복을
나는 줄라이카에게서만 얻는다오.

그녀가 내게 넘쳐 나는 사랑을 주면
나는 비로소 가치 있는 존재가 되고
그녀가 내게서 몸을 돌리면
나는 순식간에 나를 잃어버린다오.

그러면 하템과도 이별이라오
그러나 나는 이미 다른 운명을 골랐다오.
그녀가 애무하는 애인으로
재빨리 몸을 바꿀 것이오.

내게 별로 어울릴 것 같지 않은
랍비는 되고 싶지 않지만
페르도우시[214]나 몬타납비[215]
혹은 황제도 될 수 있다오.

---

214) 신페르시아 문학의 창시자이다.
215) 본명은 아부 앗 타이브 아흐마드 이븐 후사인 알 무타나비(915~965)로 아랍의 대
표적인 시인이다.

하템

금은방의 진열대가
형형색색의 광채로 싸여 있듯
백발이 거의 다 된 시인을
아름다운 아가씨들이 둘러싸고 있구려.

아가씨

당신은 다시금 줄라이카를 노래하시네요!
이젠 정말 참을 수 없어요.
당신이 아니라, 당신의 노래 때문에
우리는 그녀를 질투할 수밖에 없어요.

설령 그녀가 못생겼다 해도
당신은 그녀를 가장 아름다운 존재로 만들어 주니까요.
그런 것을 우리는 또한
제밀과 보타이나의 이야기[216]에서 많이 읽었지요.

우리도 이렇게 예쁘니까
우리들에 대해서도 노래 불러 주세요.

---

216) 「모범적인 예들」에 나오는 연인으로 나이 든 다음에 다시 만났어도 제밀이 보타이
나를 매력적으로 보았다는 것을 말하고 있다.

당신이 기꺼이 그렇게 해 주신다면
멋진 보답을 받을 거예요.

하템
갈색 머리 아가씨 이리 와요! 노래 불러 주리다.
땋아 올린 머리며 크고 작은 빗들로
둥근 지붕이 이슬람 사원을 장식하듯
멋지고 순결하게 머리를 꾸몄구려.

금발의 아가씨, 곱기도 하구려.
모든 면에서 이리 멋지니
곧바로 이슬람 사원의 첨탑을
떠올리게 해 주는구려.

저기 뒤에 서 있는 아가씨
눈길이 짝짝이네.[217] 두 눈을 그대는
필요에 따라 하나씩 사용할 수 있으니
나는 그대를 피해야겠구려.

---

217) 사팔눈을 완곡하게 비유하고 있다.

눈동자[218]를 둥글게 싸고 있는
눈꺼풀 하나를 가만히 찡그리면
짓궂은 사람처럼 보이는데
다른 눈은 아주 단정히 바라보는구려.

한쪽 눈이 상처를 주며 마음을 낚아챈다면
다른 눈은 치유하며 새로운 힘을 주는구려.
이 같은 두 개의 시선을 갖지 않은 사람이라면
나는 그 누구라도 기쁘게 찬미할 수 없다오.

이렇게 나는 모든 이를 찬미하고
이렇게 나는 모든 이를 사랑할 수 있다오.
왜냐하면 내 그대들을 치켜세우면서
결국은 내 여주인을 노래하는 거니까.

아가씨
시인이 그렇듯 기꺼이 하인이 되려 함은
그래야 사랑의 지배를 받을 수 있으니까요.
그러나 사랑하는 이가 스스로 노래를 불러야

---

218) 눈과 눈동자에 대한 비유로 쓰였다.

시인에게는 좋은 일이 아닐까요.

그런데 그녀도 노래 부를 수 있나요,
우리 입가에 맴도는 그런 노래를?
그녀가 숨어 있기만 하니
우리는 그녀가 아주 의심스러워요.

하템
그녀의 마음이 어떤지 누가 알겠소?
그녀의 속이 얼마나 깊은지 알기나 하는가?
스스로 느낀 노래[219]가 솟아 나오고
스스로 지은 노래[220]가 입에 맴돌잖소.

당신들 같은 시인하고는
그녀는 전혀 다르다오.
그녀는 내 마음에 들기 위해 노래하지만
당신들은 자신을 위해서만 노래하고 사랑하잖소.

---

219) 마리안네의 시작 능력에 대한 경의의 표현이다.
220) 마리안네 스스로 몇 편의 시를 지었음을 암시한다.

아가씨
당신이 한 여인을 후리처럼
그렇게 꾸며 냈다는 걸 알아요!
그럴 수도 있겠지요! 이 세상에서
그렇게 아첨하는 이가 없긴 하지만.

하템

곱슬머리 아가씨, 그대의 얼굴이
나를 사로잡는구려!
사랑스러운 갈색 뱀들[221]에
맞설 힘이 내게는 없다오.

단지 이 마음만은 변함없이
활짝 편 청춘처럼 피어오르고
눈과 안개를 덮고 있어도[222]
그대 위해 에트나 화산처럼 끓어오른다오.

산봉우리 험한 암벽에 비치는
아침 여명처럼 그대는 수줍어하는구려.
그리하여 하템은 다시 한 번
봄의 입김과 여름의 불꽃을 느낀다오.

---

221) 머리카락을 비유하는 말이다. 머리카락은 또한 '영혼의 그물'로 표현되기도 한다.
222) 백발이 성성한 것을 비유한다. 다음 행에 나오는 에트나 화산의 이미지는 이탈리
    아 여행 때의 체험과 연관이 있다. 괴테는 베수비오 화산 꼭대기가 흰 구름에 싸여
    있는 장관을 묘사한 적이 있는데, 이 시에서 묘사된, 눈과 안개로 덮인 화산의 이미
    지와 일치한다.

술 따르는 이여 이리 오게! 술 한 병 더 주오!
이 잔을 그녀에게 가져가리라!
한 줌의 재를 보면 그녀는 말하겠지.
"그분이 나 때문에 불타 재가 되었네."

줄라이카
결코 그대를 잃고 싶지 않아요!
사랑은 사랑에게 힘을 줍니다.
그대는 어마어마한 정열로
내 젊음을 꾸며 주고 계세요.

사람들이 나의 시인을 찬양할 때면
아아, 내 마음이 얼마나 뿌듯해지는지.
삶은 사랑이고
삶의 생명은 정신이기 때문이지요.

루비처럼 아름다운 그대 입술로
주제넘은 행동이라 꾸짖지 마세요.
사랑의 고통이 바라는 것이
치유 말고 또 무엇이 있겠어요.

동방과 서방이 떨어져 있듯
사랑하는 이와 떨어져 있어서
당신의 마음은 황야를 헤매는군요.
그러나 안내자는 어디에나 있는 법이니
사랑하는 이에게 바그다드는 멀지 않다오.[223]

---

223) 동방에 관한 디츠의 번역서 중에서 카아티비 루미의 이야기를 바탕으로 한 시이
다. 이에 따르면 카스피 해 근처에서 그곳의 왕이 카아티비 루미가 계획하던 바그다
드 여행을 저지하려 했다고 한다. 그곳에서 바그다드까지의 거리가 매우 멀다고 하
자 카아티비 루미는 "사랑하는 이가 있는 곳까지가 동방에서 서방까지만큼 멀다고
해도/ 마음이여, 달려가거라! 사랑하는 이에게는 바그다드가 멀지 않으니까."라고
대답했다 한다. 바그다드는 뱀독의 해독제인 테리아카를 만드는 곳으로 유명한데,
이 시에서는 동경의 장소, 즉 사랑하는 이와 재회하고 사랑의 고통을 치유받는 장소
로 그려지고 있다.

그대들 마음속의
깨지기 쉬운 세계를
끊임없이 끊임없이 손질하시게!
그대 맑은 눈이 초롱초롱 빛나고
그대 가슴이 나를 위해 고동칠 수 있도록!

아아, 어쩌면 감각이란 이리 대단할까요!
혼란스러운 마음도 행복으로 바꿔 주네요.
그대를 보면 나는 귀머거리가 되고 싶고
그대의 목소리를 들으면 눈멀고 싶답니다.

멀리서도 그대와 가까이 있어요!
하나 불현듯 괴로움이 밀려옵니다.
이제 그대 노래 다시 들으니
그대 문득 여기 와 계시네요. [224]

---

224) 「줄라이카 시편」에 변형, 반복되고 있는 연인의 경험이 짧은 형식으로 다시 표현
되고 있다. 외적으로는 멀리 떨어져 있지만 가까이 있는 듯 느끼고, 이별에 고통스
러워하고, 사랑하는 이와 다시 만나 기뻐하고 행복해하는 모습이 네 줄의 시에 축약
되어 있다.

밝은 낮과 빛에서 멀리 떨어져 있는데
내 어찌 즐거울 수 있겠소?
술 마시고 싶지 않다오.
그대에게 편지를 쓰겠소.[225]

그녀가 나를 매혹했을 때
말이 필요하지 않았다오.
그때 말문이 막혔던 것처럼
이제 내 펜이 굳어 쓸 수가 없구려.

여기, 더! 술 따르는 아이여,
가만히 잔을 채워 주게!
생각 중이야! 이렇게만 말해도
자네는 내가 무엇을 원하는지 벌써 아는구나.

---

225) 마리안네와 하이델베르크에서 이별한 뒤 느끼는 사랑의 고통에 촉발되어 쓴 시이
다. 사랑하는 이와 헤어져 가던 중 술집에 들르는데, 이는 술을 마시려는 것이 아니
라 편지를 쓰기 위해서라는 내용이다.

당신을 생각하고 있을 때면
술 따르는 아이가 물어본다.
"어르신, 왜 그리 조용하세요?
저, 사키[226)는 언제나
당신의 가르침을
계속 듣고 싶은데요."

실측백나무[227) 아래에서
내가 넋이 나가 있을 때면
그는 상관 않고 방해한다.[228)
그러나 고요한 적막 속에서
나는 솔로몬처럼
현명하고 지혜로워진다.

---

226) 아랍어로 사키는 술 따르는 이, 종업원이라는 뜻인데 여기서는 고유명사로 쓰였다.
227) 동방에서 실측백나무는 종종 사랑하는 이의 모습과 동일시된다. 실측백나무의 하
늘거리는 움직임에서 사랑하는 이의 걸음걸이며 자태를 연상할 수 있기 때문이다.
228) 「줄라이카 시편」 다음에 「술집 시편」이 이어지는데 이것은 하피스의 시집과 같은
구성이다. 그의 시에서 사랑 못지않게 포도주가 중요한 역할을 하기 때문에 '술 따
르는 젊은 이'에 대한 시를 많이 찾아볼 수 있다. 이 시에서 '술 따르는 이'는 시인
이 사랑하는 여인을 그리는 것을 질투하고 있는데, 이 모티프는 이후의 시에도 여러
번 등장한다.

줄라이카의 책

다른 책들과 똑같이 이 책도
잘 마무리해 엮고 싶습니다.
그런데 사랑의 광기가 그대를 아득히 몰아가면
씨줄과 날줄을 어떻게 줄여야 하나?

사랑하는 이여, 온통 다발 이룬
이 가지들을 보세요!
저 가시 돋친
녹색 열매[229]들을 좀 보세요.

열매들은 이미 둥그렇게 부풀어
아무도 몰래 가만히 달려 있네요.
바람에 흔들려 살랑이는 가지 하나
참을성 있게 열매들을 흔들고 있네요.

갈색의 씨가 안에서부터
익어 가고 부풀어 오르네요.
대기를 마시고 싶은가 봐요.
햇볕을 쪼이고 싶은가 봐요.

---

229) 1815년 9월 괴테가 하이델베르크에 머물던 시절에 쓴 시이다. 이 시를 둘러싼 여러
가지 해석이 있는데 이들 다양한 해석은 『서동 시집』 전체를 어떻게 봐야 할 것인가
의 문제로 이어져 시인 개인의 경험과 일반적 의미, 서양과 동양의 융합에 대한 서로
다른 견해를 내놓고 있다. 일반적으로 이 시는 괴테가 산책 중에 밤나무에서 밤이 떨
어지는 것을 보고 느낀 개인적 체험에, 대추야자가 마리아의 품으로 떨어지는 코란
의 이야기가 신비적인 배경으로 겹쳐 있다고 해석되어 왔다. "야자나무를 흔들어 보

마침내 껍질이 터지고
열매가 기쁨에 겨워 떨어져 내리듯.
나의 노래도 그렇듯 쏟아져서
그대 품 안에 쌓입니다.

아라! 잘 익은 대추야자가 그대의 품에 떨어질 것이다." 그러나 위 시에는 대추야자
에 대한 언급이 없고, 코란에도 대추야자가 마리아의 품에 떨어진다는 표현은 없다
는 사실을 근거로 들어 보이틀러는 코란을 위 시의 배경으로 보는 것이 무리라고 주
장한다. 이 시는 오히려 아주 일상적인 독일의 가을 풍경을 노래한 시이며 바로 그
속에 독자가 감지 못할 정도로 동방과 서방이 녹아들어 있다는 것이다. 녹색의 열매
가 바닥에 떨어져 껍질이 터지며 갈색 밤이 나타나는 것을 보면서 괴테는 다음과 같
은 페르시아의 시를 떠올렸으리라는 해석이다. "마리아의 야자수는 차미아의 배/ 그
가 흔들리면/ 신선한 대추야자를/ 가지로부터 여자 친구의 품에 쏟아 부어 주네." 그
러나 이 시를 쓰기 전에 괴테가 이 페르시아 시를 알았는지는 확인할 수 없다.

줄라이카[230]

물줄기가 장난을 치는 듯한

즐거운 분수에서

무엇이 나를 자꾸 붙드는지 몰랐어요.

그런데 저기

당신이 새겨 놓은

내 이름자가 있네요.[231]

그것을 나는 당신을 그리며 바라보았어요.

일렬로 늘어선 가로수 길 끝

여기 수로의 끝에서

다시금 눈 들어 쳐다보니

저기 나무 줄기에도

내 이름이 새겨져 있네요.[232]

---

230) 이 시는 하이델베르크에 마리안네가 도착하기 전날인 1815년 9월 22일에 쓰였다.

231) 하이델베르크 성의 분수에 괴테가 마리안네의 이름자를 동방의 문자로 새겨 놓았
다고 한다. 그 이름자를 이 시를 쓰기 전에 새겼는지 아니면 이 시를 쓴 다음 마리
안네가 있는 데서 새겼는지는 불분명하다. 그러나 마리안네도 그 사실을 알고 있었
다는 것은 1818년에 그녀가 다시 하이델베르크를 방문했을 때 그 분수에 가 보았다
고 괴테에게 보낸 편지에서 알 수 있다.

232) 가로수 길 끝에 운하가 있고, 실측백나무에 이름자가 새겨져 있다는 표현은 앞 연
의 분수와 달리, 하이델베르크 성의 풍경이 아닌 상상 속 풍경이다. 여기에도 사실

제 곁에 있어 주세요!
저를 사랑하며 제 곁에 있어 주세요!

하템
물을 뿜어내는 분수와
살랑이는 실측백나무가
그대에게 말해 주리라.
나는 줄라이카로부터 와서
줄라이카에게로 간다고.

과 허구, 경험과 일반적 의미, 동방과 서방의 혼융이라는 『서동 시집』의 주요 모티
프가 잘 드러나 있다.

줄라이카

당신을 다시 만나자마자
입맞춤과 노래로 당신을 기쁘게 하자마자
당신은 가만히 생각에 잠기는군요.
무엇이 당신을 불안케 하고 괴롭게 만드는가요?

하템

아아, 줄라이카여, 그것을 말해야만 하오?
그대를 칭찬하기보다는 원망하고 싶소!
그대는 지금까지 언제나 새롭게
언제나 계속해서 내 노래만을 불러왔소.

지금 이 노래들은 칭찬할 만하지만
무언가 낯선 것들이오.
하피스의 것도, 니자미의 것도
사디의 것도 자미[233]의 것도 아니오.

선인들의 많은 시들을 나는 알고 있다오
한 음절 한 음절, 한 울림 한 울림을
잊어버리지 않고 기억하고 있다오.

---

233) 페르시아인들이 높이 평가하는 일곱 명의 시인에 모두 포함된다.

그런데 이 시들은 아주 새로운 것 같구려.

그대의 이 시들은 바로 어제 쓴 것이구려.
말해 주오! 그대에게 새로 약속한 사람이라도 생겼소?
그대는 그렇듯 즐겁고 대담하게
낯선 숨결을 내게 보내는구려.

그 숨결 내 숨결만큼이나 조화롭게
그대를 활기차게 만들어 주고
사랑에 들뜨게 하고
하나가 되고자 유혹하고 있지 않소?

줄라이카
하템께서 오랫동안 저를 떠나 있는 동안
이 소녀는 무언가 배웠답니다.
그분이 저를 그토록 아름답게 찬양하였기에
이별의 시련도 능히 참을 수 있었지요.
제 노래가 당신에게 낯설지 않은 것은
그것이 줄라이카의 시이며 당신의 시이기 때문이지요![234]

---

234) 이 두 행의 의미를 리히너는 다음과 같이 설명한다. "그 시들은 내가 썼지만 그대
에게 속한다. 그 시들은 그대와 내가 쓴 시이다. 그대가 내게서 그 시들을 일깨웠으
며, 그대가 시 쓰는 법을 가르쳐 주었다."

베흐람구르[235]가 운율을 창안했다지요.
그가 황홀해하며 순수한 영혼의 울림을 말하자
델아람이, 그의 연인이 재빨리
같은 말, 같은 울림으로 대답하였다지요.

사랑하는 이여, 그렇듯 당신도 내게
멋지고 즐겁게 운율 다루는 법을 알려 주었습니다.
그리하여 나는 사산 왕조의 베흐람구르를
더 이상 부러워하지 않는답니다.
나도 그렇게 되었으니까요.

당신이 나를 일깨워 이 책을 쓰도록 하였으니
이 책은 당신이 주신 것입니다.
내가 기쁨에 넘쳐 온 마음 다하여 이야기한 것들은
눈길과 눈길이, 운율과 운율이 마주치듯
당신의 아름다운 삶에 부딪혀 울려 나온 것입니다.

---

235) 사산 왕조의 위대한 군주로 운율을 맞춰 이야기를 했다고 한다. 그 동기는 그의
여종인 델아람에 대한 사랑 때문이었는데 그녀는 왕이자 연인인 베흐람구르의 말에
똑같은 운율과 말로 대답했다 한다. 이렇게 최초의 시가 생겨났다고 페르시아에서는
전한다.

이제 나의 노래 당신을 향해 울려 퍼져
멀리 있는 당신에게까지 다다르고
이윽고 곡조와 울림이 사위어 갑니다.
그러니 그것은 별들이 흩뿌려진 외투가 아닌가요?
사랑으로 승화된 우주가 아닌가요?[236]

---

236) 1818년 5월 3일에 쓴 시로, 함머가 번역한 『페르시아의 훌륭한 구술 예술의 역사』 중에서 「베흐람구르와 델아람」 부분을 읽고 자극받아서 『서동 시집』이 인쇄에 들어 간 뒤에 끼워 넣었다 한다.

당신의 눈길에, 당신의 입술에
당신의 가슴에 나를 맡기고
당신의 목소리를 듣는 것이
처음이자 마지막 즐거움이었습니다.

아아, 그것도 어제[237]가 마지막이었고
내게 모든 빛과 불이 꺼져 버렸습니다.
즐거웠던 농담 하나하나가
이제 빚더미처럼 비싸고 귀하게 되었습니다.

우리를 새로이 맺어 줄 생각이
알라의 마음에 생기기 전에는
태양과 달 그리고 이 세상은
단지 나를 울게 만들 뿐입니다.

---

237) 마리안네와 헤어진 다음 날 이 시가 쓰였다는 부르다하의 주장에 따르면 1815년 9월
19일이나 27일이라고 볼 수 있다.

줄라이카[238]

이 움직임은 무엇을 뜻할까?
동쪽에서 불어오는 저 바람이
내게 기쁜 소식을 실어 오는 걸까?
살랑이는 바람의 상쾌한 움직임이
가슴속 깊은 상처를 식혀 줍니다.

바람은 먼지를 일으켜 어루만지며 놀다가
가벼운 구름 속으로 쫓아 보내고
즐겁게 노니는 곤충들을
안전한 포도 잎 아래로 몰아댑니다.

바람은 태양의 열기를 부드럽게 해 주고
뜨거운 내 뺨도 식혀 주며

---

238) 이 시는 원래 마리안네가 쓴 시로서 괴테가 약간의 운을 손질하여 「줄라이카 시
편」에 수록한 것이다. 괴테의 원고에는 1815년 9월 23일로 날짜가 적혀 있다. 이
시를 그녀가 썼다는 사실은 1857년 1월 21일에 그녀가 헤르만 그림에게 보낸 편지
에서 처음으로 언급되었고, 1869년에 쓴 그의 논문을 통해 세상에 알려졌다. 괴테
를 만나기 위해 하이델베르크로 떠나던 날에 마리안네가 이 시를 썼다고 하는데
원본은 소실되었고, 「동풍을 다시 만나」라는 제목으로 정서한 시 원고가 1993년에
발견되었다. 괴테가 고친 시와 비교해 볼 때 4연과 5연의 몇몇 단어들만 바뀐 것
을 알 수 있다.

들판과 언덕에서 빛나는
포도들에 입 맞춥니다.

바람의 나지막한 속삭임은
친구가 보낸 숱한 인사를 실어 와.
이 언덕이 어두워지기 전까지
수천의 입맞춤으로 내게 인사합니다.

바람아 너는 그렇듯 계속 불어라!
친구들과 슬퍼하는 이들에게 봉사하여라.
저기, 높다란 성벽이 빛나는 곳[239]에서
나는 곧 사랑하는 이를 만나리라.

아아, 그러나 진정한 마음의 얘기,
사랑의 숨결, 새로워진 삶은
오직 그분의 입에서만 나올 수 있습니다.
오직 그분의 숨결만이 줄 수 있습니다.

---

239) 괴테와 마리안네가 만나곤 했던 하이델베르크 성을 의미한다.

훌륭한 모습

태양이, 그리스인들의 헬리오스[240]가
하늘의 궤도를 화려하게 달려갑니다.
물론, 세상을 장악하려고
위와 아래와 주위를 둘러봅니다.

그러다 그는 아름답기 그지없는 여신이
구름의 딸이자 신들의 자손[241]이 울고 있는 걸 봅니다.
그녀에겐 헬리오스만이 빛나 보여서
다른 밝은 공간들에는 눈 감고 있습니다.

헬리오스가 고통과 전율 속에 잠길 때면
그녀의 눈물이 하염없이 쏟아져 내립니다.
그러면 그는 슬퍼하는 그녀에게 기쁨을 주고
진주 방울[242] 방울마다에 입맞춤과 입맞춤을 보냅니다.

그녀는 헬리오스의 그윽한 눈길의 힘을 느끼며
움직이지 않고 위를 올려다봅니다.
그러면 진주 방울들은 형체를 얻으려는 듯

---

240) 그리스 신화의 태양신인 헬리오스는 날마다 하늘의 동쪽에서 서쪽으로 마차를 끈다.
241) 무지개의 신, 이리스를 의미한다.
242) 빗방울을 의미한다.

모두가 태양의 모습을 받아들입니다.[243]

마침내 일곱 빛깔 무지개 화환을 쓰고
그녀의 얼굴은 환하게 빛납니다.
헬리오스는 그녀에게로 다가가나
그런데, 그런데 아, 그녀에게 닿지는 못합니다.[244]

그렇듯, 운명의 가혹한 선택에 따라
사랑하는 이여, 그대는 나에게서 멀어집니다.
내가 위대한 헬리오스라 한들
수레의 권좌[245]가 무슨 소용이 있겠습니까.

---

243) 빗방울이 햇빛에 반사되어 무지개가 형성되는 과정을 표현한 것이다.
244) 태양과 비구름의 관계를 설명한 것으로 태양은 구름 속에 있는 빗방울에 직접 다
   가가지 못하고, 늘 마주 서 있어야 무지개가 생성된다는 자연현상을 의미한다. 결국
   헬리오스와 이리스가 서로 그리워하면서도 늘 떨어져 있어야 한다는 의미이며 더 나
   아가 영원히 결합할 수 없는 괴테와 마리안네의 관계를 암시하는 알레고리로 볼 수
   도 있다.
245) 헬리오스가 끄는 마차의 화려한 의자를 의미한다.

여운

시인이 자신을 태양과 황제에 비유하니
그 얼마나 멋진 일입니까.
그러나 어두운 밤길을 걸을 때면
그는 슬픈 얼굴이 보이지 않게 감춥니다.

띠 모양의 구름에 가리어
맑고 푸르던 하늘이 밤으로 잠기면
내 뺨은 야위어 창백해지고
내 마음엔 잿빛 눈물이 흐릅니다.

나를 어둠과 괴로움 속에 내버려 두지 마세요.
그대 사랑하는 이여, 나의 달 같은 얼굴[246]이여.
오오, 그대 나의 샛별이여, 나의 등불이여.
그대 나의 태양이여, 나의 빛이여!

---

246) 달의 형상은 동방에서 이상적인 아름다움으로 여겨진다. 하피스의 시에도 이 모티
프가 반복해서 나온다.

줄라이카[247]

아아, 습기를 머금은 바람아.
서풍아, 네가 참으로 부럽다.
이별 때문에 괴로워하는 이 마음을
너는 그분에게 전해 줄 수 있으니.

네가 날개를 파닥이면
내 가슴엔 고요한 그리움이 깨어나고
네가 숨을 쉬면 꽃도 눈〔目〕도
숲도 언덕도 모두 눈물을 흘린다.[248]

너의 부드럽고 온화한 속삭임은
내 상처 입은 눈썹을 아물게 하지만
아아, 그이를 다시 만날 희망이 없다면

---

247) 앞에서 나온 '동풍'에 관한 시처럼 마리안네가 쓴 시를 괴테가 손질하여 수록했
다. 1815년 9월 26일자로 날짜 표기가 되어 있다. 그러니까 마리안네가 괴테와 헤어
져 하이델베르크를 떠난 날 쓴 것이다. '동풍'에 관한 시는 사랑하는 사람을 만나러
가는 길에 쓴 시이고, 이 '서풍'에 대한 시는 사랑하는 사람과 이별한 후에 그 심정
을 바람과 연관시켜 쓴 시이다. 이 시는 또한 하피스의 4행시를 모델로 삼고 있다는
점에서 괴테와 마리안네 사이에 놓인 하피스와 동방 문학의 관계를 보여 준다. 괴테
와 마리안네는 하피스의 시들을 편지의 암호로 사용하기도 했다.
248) 눈물 어린 눈으로 사물을 보니 눈물 속에 서 있는 것처럼 보인다는 의미이다.

괴로움에 나는 죽어 버릴 거야.

서풍아, 내 사랑에게로 서둘러 달려가렴
부드럽게 그이 가슴에 내 소식을 전해 주렴
그러나 그이를 슬프게 해서는 안 돼
나의 괴로움은 말하지 말아 주렴.

다만 조심스레 이렇게 말해 다오.
그분의 사랑은 나의 생명이고
그분이 가까이 있어야
사랑과 생명의 즐거움을 얻는다고.

재회[249]

이게 꿈이 아닐까! 더없이 아름다운 별이여,
그대를 다시금 내 품에 안고 있다니!
아아, 그대와 헤어져 있던 밤은
얼마나 아득하고 고통스러웠던가!
그래, 바로 당신, 내게 기쁨을 주는
사랑스럽고 귀여운 반려자!
지난날의 괴로움을 생각하니

---

249) 이 시는 마리안네가 하이델베르크에 도착한 다음 날인 1815년 9월 24일, 마침내 그
녀를 다시 만나고 난 뒤에 괴테가 쓴 시이다. 이 만남은 둘 사이의 마지막 만남이었
다. 1연에서는 재회의 기쁨을 묘사하다가 2연부터는 우주적인 차원으로의 비약이 이
루어진다. 이것은 사랑이라는 주제와 종교적·철학적 성찰, 자연현상에 대한 탐구
등의 주제를 결합하려는 시도이다. 괴테는 세계를 근원적으로 대립적인 것으로 보았
다. 이 세계는 갈라져 있기 때문에 불완전하다는 것이다. 그래서 하느님은 이 세계
를 창조하며 "고통에 찬 아!" 소리를 냈다. 대립된 세계를 대표하는 것이 빛과 어둠
이다. 이처럼 갈라진 세계를 하나로 합치기 위해 하느님은 사랑을 창조했다. 예를
들어 빛과 어둠은 색채의 유희를 통해 하나가 된다. 우선 빛이 어두운 물질 속으로
투영되면 그 물질이 투명해지고 색채가 나타나며 이러한 색채의 유희 속에서 갈라져
있던 빛과 어둠은 하나가 된다. 이러한 합일은 또한 남자와 여자라는 두 성으로 나
뉜 인간에게도 일어난다. 바로 사랑이 두 개체를 하나로 묶어 준다. 결국 남녀의 합
일은 모든 갈라져 있는 것들이 실은 하나의 근원에서 연원한 것이며 신의 뜻에 따라
다시금 하나로 합쳐져야 한다는 우주의 법칙과 연결되고 있다. 따라서 제목인 「재
회」는 일차적으로는 두 연인이 다시 만나는 것을 의미하지만 더 나아가 우주 속에서
대립하고 있는 모든 것의 합일이라는 의미까지 포함한다고 볼 수 있다. 이처럼 사랑
을 세계에 대한 성찰과 결합한 것이 괴테 시의 특징이기도 하다.

지금의 행복에 몸이 떨립니다.

세계가 깊고 깊은 심연
신의 영원한 가슴속에 놓여 있었을 때
신은 숭고한 창조의 기쁨으로
태초의 시간을 배열하셨고
"있으라!" 말씀하셨습니다.
그리하여 삼라만상이 힘찬 동작으로
현실 속으로 쪼개져 나왔을 때
고통에 찬 아! 하는 소리 울려 나왔지요!

이어 빛이 나타났지요!
어둠이 놀라 빛에서 멀어졌고
곧바로 원소들은
사방으로 흩어져 날아갔습니다.
거칠고 험한 꿈을 꾸면서
저마다 자신의 영역을 넓히려
동경도 소리도 없이
무한한 공간 속에서 서로를 노려보았습니다.

모든 것은 말이 없고, 고요하며 황량하였지요.

그리하여 신은 처음으로 고독하셨습니다!
그래서 신이 아침 노을을 창조하시자
아침 노을은 세계의 고통을 가엾게 여겨
흐릿한 것들에 색깔을 내뿜어
색색의 놀이가 생겨 나왔습니다.
그러자 처음에 서로 갈라졌던 것들이
다시금 서로 사랑할 수 있게 되었습니다.

서둘러 노력하여
잃어버린 서로의 짝을 찾고
무한한 생명 속으로
감정과 눈빛이 돌아왔습니다.
서로 결합하여 유지한다면
움켜쥐어도 좋고 낚아채도 좋습니다!
알라신은 이제 더 이상 창조할 필요가 없습니다.
이제 우리가 그의 세계를 만들어 내렵니다.

아침 노을이 붉은 날개를 펼 때
그대의 입술에 나는 사로잡혔고
별빛 찬란한 밤이
사랑의 결합을 수천의 봉인으로 다져 줍니다.

이 지상에서 우리는 둘 다
기쁨과 고뇌의 본보기입니다.
그러니 "있으라!" 하는 두 번째 말씀도
우리를 다시 갈라놓지는 못할 것입니다.

보름달 뜬 밤[250]

마님 말해 주세요. 그 속삭임이 무슨 뜻이지요?
가만히 달싹이는 마님의 입술이 무엇을 말하지요?
줄곧 혼자 중얼거리는 모습이
포도주를 마실 때보다 더 사랑스러워요!
당신의 입술 자매에다 다른 입술 한 쌍을
맞아들이는 걸 생각하고 계시는가요?

"입 맞추고 싶어! 입맞춤!"

보세요! 어스름한 어둠 속에서
모든 가지들은 만발하여 불타오르고
별 위에 별이 나지막이 장난을 치잖아요.
관목 숲 사이로 수많은 홍옥[251]이
에메랄드 빛으로 빛나고 있는데
마님의 생각은 이 모든 것에서 떠나 있네요.

---

250) 보름달이 뜨면 서로를 생각하기로 연인들이 약속했는데 지금이 바로 그 순간이다.
하녀가 간결한 언어로 빛과 어둠을 신비롭게 묘사하고 있는 반면에 줄라이카는 그리
움에 가득 차서 똑같은 후렴구만을 반복한다. 줄라이카의 이 후렴구는 하피스의 시
에도 나온다.
251) 반딧불을 뜻한다.

"입 맞추고 싶어! 입맞춤!"

마님의 연인께서도 저 멀리서 똑같이
슬프고도 달콤한 시련을 겪으며
불행한 행복을 느끼고 계실 거예요.
보름달 뜨거든 서로 인사 보내기로
두 분은 전에 굳게 맹세하셨지요.
지금이 바로 그 순간이랍니다.

"입 맞추고 싶어! 입맞춤!"

비밀 글자[252]

외교관들이여,
마음을 가다듬고
그대의 군주들을
순수하고 세심하게 보필하게나![253]
마침내 모든 암호가
밝혀질 때까지
암호로 된 비밀 편지에
세상과 사람들 매달려 있구나.

내 손에는 여주인이 보낸
달콤한 암호가 들어 있다.

---

252) 괴테와 마리안네는 암호 편지를 주고받기도 했는데, 주로 하피스 시집을 이용했다. 자신의 심정이나 감정, 말하고 싶은 이야기에 상응하는 구절을 하피스의 시에서 찾아 그것이 수록된 책의 권수와 페이지, 시행의 숫자를 적어 보내는 방식으로 암호 편지 교환이 이루어졌다고 한다. 자신의 감정을 잘 표현해 줄 구절을 찾기 위해 여러 편의 시에서 한 줄씩 끄집어 내어 짜깁기 하는 방식을 택했다고 한다. 예를 들어서 '1 404, 19~20/ 281, 23~24' 라는 암호 편지는 하피스 시집 1권 404페이지 19~20행과 281페이지 23~24행을 보라는 의미이다. 그 부분을 모아 놓으면 "오랫동안 제 친구는 소식을 보내지 않았습니다./ 오랫동안 그는 제게 아무런 편지도 말도 인사도 보내지 않았습니다./ 친구한테 언제나 소식을 받는 이는/ 아픈 사람이라도 행복할 따름입니다."라는 시가 된다.
253) 마리안네와의 암호 편지를 다룬 이 시는 당시 전 유럽의 관심을 모았던 빈 회의에서 외교관들 간의 통신을 비유로 쓰고 있다.

그녀가 생각해 낸 이 기술을
나는 아주 즐기고 있다.
이 암호는 사랑스럽기 그지없는 영역에
사랑을 가득 담은 것
그대와 나를 이어 주는
사랑스럽고 진실한 의지.

그것은 수천의 꽃들로 엮은
한 다발의 화사한 꽃다발
천사 같은 마음들이
살고 있는 집
형형색색의 깃털로
가득 덮인 하늘
그윽한 향기와
노랫소리 가득한 바다.

절대적 노력으로
화살이 화살을 뚫듯
삶의 핵심을 꿰뚫는
이중의 비밀 문자.
나 지금 그대들에게 알려 주는 것은

오래전부터 사용해 온 경건한 관습이니
이제 그것을 알아챘다면
입 다물고 그대들도 사용해 보게나.

반영

거울 하나 내 것이 되었습니다.[254]
마치 달과 별이 함께 있는
황제의 훈장[255]이라도 가슴에 달고 있는 듯.
나는 즐겨 거울을 들여다봅니다.
이렇듯 스스로의 모습을 찾는 것은
자기만족 때문이 아닙니다.
나는 어울리기를 아주 좋아하는데
거울을 볼 때면 누군가와 만납니다.

홀아비의 조용한 집에서
거울 앞에 가만히 서면
내 모습 보기도 전에 거울 속에서
사랑스러운 여인이 나를 바라다봅니다.
재빨리 몸을 돌리면
어느 틈엔가 그녀는 사라지고 없습니다.

---

254) 1연의 거울은 시인이 자신과 줄라이카의 모습을 동시에 알아볼 수 있는 줄라이카
   의 노래들이며, 2연의 거울은 시인 자신의 노래들을 의미한다. 시인이 그 노래를 통
   해 다시금 줄라이카의 모습을 본다는 점에서 '해와 달이 빛나는 훈장'처럼 이중의
   거울이라고 할 수 있다. 다른 한편으로 1연에서부터 거울은 시인과 줄라이카의 노래
   를 의미하는 것으로 보아야 한다는 해석도 있다.
255) 달과 별이 결합되어 있는 황제의 훈장은 하템과 줄라이카의 결합을 암시하기도
   한다.

그런 다음 노래를 들여다보면
거기 다시 그녀가 들어와 있습니다.

그녀를 나는 더욱 아름답게
더욱 내 생각대로 그리렵니다.
헐뜯고 조롱하는 이들에 상관 않고
하루하루의 수확을 거두렵니다.
화려한 테두리에 싸인
그녀의 초상
금빛 장미 덩굴과 유리 액자 속의
그녀의 초상 찬미받을지어다.

줄라이카[256]

노래여, 얼마나 가슴 깊이 즐거웁게
나 너의 의미를 느끼는지!
너는 사랑에 넘쳐 말하는 것 같구나
나 그분 곁에 있노라고.

그이가 영원히 나를 생각하며
삶이 그에게 베풀어 준
사랑의 기쁨을
언제나 이 먼 곳으로 보내 준다고.

그래요! 제 마음은 거울입니다
당신이 들여다보는 친구입니다
당신은 입맞춤과 입맞춤으로
제 가슴을 봉인해 놓았습니다.

---

256) 앞 시에 대한 대답으로. 분명한 증거는 없으나 연구자들은 이 시의 1, 2, 4연 역시
마리안네가 쓴 것이라고 본다. 마리안네는 거울 모티프를 하피스의 시를 통해 알고
있었는데 괴테에게 보내는 암호 편지에서 그중 한 구절을 인용하고 있기도 하다. 하
피스의 시에서 거울은 마음을 의미한다는 점도 이 시가 마리안네의 것이라는 점을
암시한다.

달콤한 시와 순수한 진리가
나를 당신과 하나로 묶어 줍니다!
맑디맑은 사랑은
시의 옷을 입고 순수한 형체를 얻습니다.

세계의 거울은 알렉산더 대왕에게나 주세요
그 거울이 무엇을 보여 주지요?
여기저기 평화로운 민족들을
대왕은 자꾸만 뒤흔들고 싶어 하잖아요.

그대! 더 나아가지 마세요, 낯선 것을 추구하지 마세요!
당신 스스로의 노래를 제게 불러 주세요.
제가 당신을 사랑하며 살고 있다는 걸 생각하세요.
당신이 저를 정복하셨다는 걸 생각하세요.

세상은 어디를 보나 사랑스럽습니다.
그러나 시인의 세계가 가장 아름답지요.
울긋불긋하고 밝으며
은가루를 뿌린 듯한 들판 위로는
밤낮으로 광채가 빛납니다.
오늘따라 모든 것이 장엄하고 화려합니다.
언제까지나 세상이 이렇게 아름다울 수 있다면!
오늘 저는 사랑의 안경을 쓰고 세상을 바라봅니다.

수천 가지 모습 속에 자신을 숨겨도
더없이 사랑스러운 이여, 저는 바로 당신을 알아봅니다.
마법의 베일로 얼굴을 가린다 해도
어디에나 계신 이여, 저는 바로 당신을 알아봅니다.

실측백나무의 순수하고 힘찬 움직임에서도
더없이 성숙한 이여, 저는 바로 당신을 알아봅니다.
운하의 맑은 물살 속에서도
다정스러운 이여, 저는 바로 당신을 알아봅니다.

분수의 물줄기가 솟아올라 퍼질 때면
장난을 즐기시는 이여, 제가 얼마나 기뻐하며 당신을 알아보는지요.
구름이 여러 모양으로 모습을 바꾸어도
천 가지 모습을 지니신 이여, 거기서도 저는 당신을 알아봅니다.

만발한 꽃의 베일로 덮인 초원에서도
영롱히 빛나는 이여, 저는 당신을 멋지게 알아봅니다.
담쟁이가 천 개의 팔로 뻗어 있어도
만물을 포옹하는 이여, 거기서 저는 당신을 알아봅니다.
산기슭에 아침 햇살이 불그스레 비칠 때면
너무도 밝은 이여, 저는 당신에게 인사드립니다.

그리하여 제 머리 위로 하늘이 맑게 펼쳐지면
마음을 열어 주는 이여, 저는 당신을 숨 쉽니다.

제가 마음과 감각으로 알고 있는 것은
모든 것을 가르쳐 주는 이여, 바로 당신을 통해 아는 것입니다.
그리하여 제가 알라신의 백 가지 이름을 부를 때면
각 이름마다 당신을 위한 이름이 따라 울립니다.[257]

---

257) 「줄라이카 시편」을 끝맺는 시로서 찬가 형식이다. 찬양하고 기도하는 언어로 단순
하면서도 화려한 형식을 띠고 있는 이 시의 형식과 내용은 종교적 영역에서 애용되
었다. 이 시에서 괴테는 백 가지 이름으로 불리는 알라신에 대한 찬양 방식에 종교
적인 색채를 더하고 이 모티프에 「줄라이카 시편」의 특징인 사랑의 모티프를 결합하
고 있다. 이는 또한 이승과 천상 사이를 넘나드는 이 시편에서 나타나는 사랑의 성
격과도 일맥상통한다.

술집 시편²⁵⁸⁾

258) *Saki Nameh. Das Schenkenbuch.* 괴테는 이 시편의 제목을 하피스의 시집에서 따왔
다. 그런데 함머가 번역한 하피스의 시집은 '사키 나메. 술집들의 시편(*Saki Nahme.
Das Buch der Schenken.*)'이라는 제목으로 되어 있다. 그런데 사키는 원래 아랍어로
'술 따르는 이'라는 뜻의 단수를 의미한다. 그러니까 이 표현에는 '술 따르는 이(der
Schenke)'와 '술집(die Schenke)'이라는 두 가지 의미가 들어 있다. 이러한 이중적
의미를 'Das Schenkenbuch'라는 단어로 표현했다. 이 표현 속에 괴테는 두 가지 의
미, 즉 '술 따르는 이의 시편'과 '술집 시편'이라는 의미를 함축해 놓은 것이다. 실
제로 이 시편의 앞부분에서는 주로 술집이, 뒷부분에서는 술 따르는 이가 다루어지
고 있다. 술집과 술 따르는 이를 다루고 있는 하피스의 시에서 포도주의 의미는 도
취, 절정, 정신적인 고양을 나타내며 궁극적으로는 신을 향한 사랑과 결부된다. 괴
테의 시에서는 이 관계들이 반대로 나타난다.

그래, 나도 술집에 앉아 있었어.

다른 이들이나 내게도 술잔이 채워졌지.

그들은 떠들고 소리치며 오늘의 일로 다투었네.

오늘 하루 운세에 따라 희비가 엇갈렸지.

그러나 나는 마음속 깊이 기뻐하며 앉아 있었네.

사랑하는 이를 생각하고 있었으니까. 그녀의 사랑은 어떠냐고?

그건 모르지. 그래서 마음이 무겁네!

한 여인에게 진실을 바쳐

하인처럼 매어 있는 이 마음.

이 마음이 시키는 대로 나는 그녀를 사랑하네.

이 모든 것을 기록해 놓은 양피지는

펜은 대체 어디 갔는가?

분명 그런 게 있었는데! 분명 그랬는데!

나 홀로 앉아 있다
이보다 더 좋은 곳이 어디 있겠는가?
포도주를
혼자 마신다.
아무도 나를 속박하지 않으니
나는 나 자신의 생각에 빠진다.

물레이라는 도둑은 술 취한 채로
아름다운 글을 쓰는 경지에 이르렀다지.

코란이 태초부터 있었는지[259]
나 물어보지 않겠네!
아니면 코란이 창조된 것인지
나 또한 알지 못하네!
코란이 책 중의 책이라는 것을
모슬렘의 의무로 나는 믿고 있네.
그러나 포도주가 태초부터 있어 왔음은
믿어 의심치 않네.[260]
포도주가 천사보다 먼저 창조되었다는 것도[261]
아마도 꾸며 낸 말은 아닐 것이네.
언제나 그렇듯이 술 마시는 이는
더욱 생생하게 신의 얼굴을 바라볼 수 있으니.

---

259) 이슬람 신학에서 신의 말씀을 전하는 코란이 태초부터 있어 온 것인지, 아니면 알라가 창조한 것인지를 놓고 벌인 논쟁을 말한다. 수니 파는 코란이 순수한 신의 말씀이기 때문에 태초부터 있어 온 것이라 주장하고 모타잘렌 파는 코란을 알라가 창조한 여러 피조물 중의 하나로 본다.
260) 이 부분은 이슬람 신학과 일치하지 않는다. 코란에는 포도 과수원이 다른 과일나무와 함께 알라가 창조한 것으로 명백하게 쓰여 있다. 따라서 2연은 괴테의 생각을 1연과 같은 형식에 담은 것으로 볼 수 있다.
261) 이슬람교에서는 알라신이 천사를 가장 먼저 창조했다고 이야기한다.

우리 모두는 술 취해 있어야 한다!
청춘은 포도주 없이도 취하고
노인은 술로써 다시 젊어지니
기적 같은 술의 미덕 아닌가.
사랑스런 삶이 근심을 쌓고
포도주가 그 근심을 깨 버리누나.

새삼 말할 필요도 없다!
코란은 술을 엄하게 금한다.[262]
그래도 술을 마셔야 한다면
다만 좋은 포도주만을 마시라.
형편없는 술로 곯아 떨어지면
이중으로 이단자가 되는 것이니.

---

262) 코란에서 포도주를 금하고 있는 것을 의미한다.

사람들이 말짱한 정신일 때면
형편없는 것들도 좋다 여기지만
술을 마시면
무엇이 올바른지 안다.[263]
다만 유감스럽게도
지나치게 마셔서 탈이다.
하피스여, 가르쳐 주오.
당신은 이것을 어떻게 극복했는지!

술 마실 수 없다면
사랑할 수도 없다.
이러한 나의 의견이
과장은 아니지만
그렇다고 그대들 술 마시는 이들이여,
우쭐대지는 말게나.
사랑할 수 없는 사람은
술 마실 자격도 없는 것이니.

---

263) '포도주 속에 진리가 들어 있다.(In vino veritas.)'는 라틴어 속담이나 '취중 진담
(Trunkner Mund, wahrer Mund)'이라는 독일 속담을 바탕에 두고 있다.

줄라이카
당신은 왜 그렇듯 자주 퉁명스러우신가요?

하템
육체는 감옥이라는 걸 당신도 알지 않소.
영혼이 속아서 그 속에 갇혀 있다오.
그래서 영혼은 자유롭지 못한 것이라오.
영혼은 빠져나오려 몸부림치지만[264]
그러면 감옥 자체가 사슬에 묶여 버린다오.
사랑하는 사람은 이중으로 위험에 빠져 있어
영혼은 그렇듯 기이하게 행동하는 것이라오.

───────────

육체가 감옥이라면
어째서 감옥이 그렇듯 목말라 하지요?[265]
영혼은 그 속에 편안히 앉아
말짱한 상태에 만족하고 있는데

────────────

264) 술을 마셔 영혼의 해방을 얻으려는 행위를 비유한 표현이다.
265) 영혼의 해방을 위해 술 마시는 행위를 암시한다.

육체는 포도주 한 병에다
또 한 병을 받아들이니
영혼은 더 이상 견딜 수 없어서
문에다 술병을 산산조각 부숴 버리는 거지요.

술집 종업원에게
무지막지한 이 같으니라고
술병을 그렇듯 형편없이
코앞에다 들이대지 말라!
포도주를 가져올 땐 상냥하게 나를 바라봐야지.
그렇지 않으면 아일퍼[266] 포도주는 맛이 없어진단 말이야.

술 따르는 소년에게
그대 사랑스러운 소년이여, 들어오게.
왜 거기 문지방에 서 있는가?
앞으로는 자네가 술 따르는 이가 되게
그러면 모든 술이 맛있고 맑게 될 것이야.

---

266) 아일퍼는 당시 매우 높이 평가되던 포도주의 이름이다.

술 따르는 소년이 말하길
그대, 갈색 곱슬머리 아가씨
꾀 많은 아가씨, 저리 가세요!
고맙게도 내가 이 손님께 술을 따라 올리면
그분이 내 이마에 입맞춤을 해 줄 거예요.

그런데 아가씨는, 나 내기해도 좋아요.
이마의 입맞춤만으로는 만족하지 않을 거예요.
당신의 뺨과 가슴은
내 친구를 힘들게 할 거예요.[267]

당신이 수줍은 듯 달아난다고
나를 속일 수 있다고 생각해요?
나는 문지방에 누워 있다가
당신이 몰래 들어오면 벌떡 일어날 거예요.

---

267) 처녀는 이마에 입 맞추는 것으로 만족하지 않고 완전한 육체적 사랑을 요구하며
    나이 든 시인을 힘들게 할 것이라는 의미이다.

세상 사람들은 우리가 술 취했다고
이러쿵 저러쿵 비난을 했지.
그러고서도 아직 성에 차지 않는지
여전히 술 마시는 걸 비난하네.
취하면 날이 샐 때까지
세상 모르고 자 버리기 일쑤인데
나는 취해도 한밤중에
어둠 속을 돌아다닌다네.
사랑에 취했기 때문이다
나를 몹시 힘들게 하는
사랑의 도취는
낮부터 밤까지, 밤부터 낮까지
내 가슴속에 자리 잡고 있네.
내 가슴은 또한
노래에 취해 부풀어 오르고 솟아 오르니
그 어떤 술 없는 도취도
거기에 견줄 수 없네.
밤이건 낮이건
사랑에 취하고 노래에 취하고 술에 취해 있으니
이거야말로 나를 황홀하게도 괴롭게도 하는
가장 성스러운 취함이 아닌가.

요 조그만 악동 녀석!
술을 마셔도 내가 정신은 말짱하다 이거지.
그게 무엇보다도 중요하지.
그래서 나는 너와 함께 있는
기쁨을 누리는 거지.
비록 취해 있어도 말이야
요 사랑스럽기만한 녀석아.

오늘은 새벽부터 술집에서
난리가 났다.
주인과 아가씨들! 횃불 든 사람들!
싸움이 벌어지고 욕지거리들이 오갔다!
피리가 울리고 북소리가 둥둥거려
그야말로 난장판이었다!
그러나 나는 즐거움과 친밀감을 느끼며
거기에 함께 있었다.

내가 예절을 전혀 모른다고
모두들 나를 비난하겠지.
그러나 나는 학파와 강단의 논쟁에서 멀찍이 떨어져
현명하게 여기에나 앉아 있으련다.

술 따르는 소년
무슨 일인가요! 어르신
이렇게 느지막이 방에서 나오시다니요.
페르시아인들은 그것을 비다마그 부단[268]이라 하고
독일인들은 그것을 카첸얌머[269]라 하지요.

시인
사랑하는 소년이여, 나를 내버려 두게.
세상이 내 마음에 들지 않고
햇빛도 장미 향기도
밤꾀꼬리의 노래도 마음에 들지 않는다네.

술 따르는 소년
바로 그것을 제가 치료해 드리지요.
잘할 수 있어요.
자 여기! 신선한 아몬드를 드세요.
그러면 포도주가 다시 맛있어질 거예요.

---

268) Bidamag buden. 슬프고 우울하고 나쁜 기분이라는 뜻이다.
269) Katzenjammer. 대학생들이 교미기의 고양이 울음소리를 풍자하는 데서 나온 말로
    방탕한 행동 뒤에 오는 후회나 양심의 가책, 상심을 의미한다. 일반적으로 과음 후
    의 두통을 의미한다.

그리고 어르신이 테라스에서
신선한 공기를 쐬도록 해 드리지요.
제가 어르신의 눈을 바라보면
이 술 따르는 이에게 입맞춤을 해 주세요.

보세요! 세상은 황량한 동굴이 아니에요.
새들은 여전히 알에서 깨어나고
새 둥지와 장미 향기, 장미 기름으로 가득 차 있어요.
밤꾀꼬리 역시 어제처럼 노래하고 있잖아요.

저 추악한 노파
음흉한 노파를
사람들은 세상이라 부른다.[270]
다른 사람들 모두 속이듯이
그 노파는 나를 속였지.
그 노파는 내게서 믿음을,
그러고는 희망을 앗아 갔고
이제 사랑을 빼앗으려 하여
나는 도망쳐 나왔다.
그렇게 구해 낸 보물을
영원히 안전하게 간직하기 위해
줄라이카와 사키에게
신중하게 나누어 주었다.
둘은 서로 앞 다투어
내게 더 높은 이자를 지불하려 한다.
그래서 나는 어느 때보다도 더 부유해졌고
믿음을 다시 찾았다.

---

270) 『카부의 책』의 번역에 대한 디츠의 주석에 따르면 동방에서는 세상을 늙은 노파로
보는데, 이 노파는 약속한 호의의 표시를 보여 주기 전에 그녀의 모든 남편을 죽임
으로써 항상 처녀로 머무른다고 한다. 이 비유로 사람들은 자신들의 소원이 이 세상
에서 실현되기 전에 대부분의 사람들이 죽는다는 것을 말하고자 했다.

줄라이카의 사랑에 대한 믿음을!
사키는 술잔을 내게 권하며
현재의 멋진 기분을 선사해 준다.
그러니 더 바랄 게 무엇 있겠는가!

술 따르는 소년
오늘은 식사를 잘하셨네요.
그러나 술을 더 많이 드셨어요.
어르신이 손대지 않은 것은
이 그릇 속에 담아 모아 놓았어요.

보세요, 배부르게 먹은 손님들이 탐내는
이것을 우리는 작은 백조[271]라 부르지요.
이것을 저는 제 백조에게
물살 가르며 떠 있는 백조에게 가져다주겠어요.

백조가 노래를 부르면
자신의 죽음을 예고하는 것이라고들 하지요.[272]
노래가 어르신의 종말을 의미한다면
저는 아무 노래도 듣고 싶지 않아요.

---

271) 식사 후 남은 음식을 싸서 손님에게 주는데 이것을 '작은 백조(Schwänchen)'라 불렀다.

272) 백조는 죽기 전에만 운다는 속설에 비유하여 죽음이 임박한 시인의 마지막 노래를 표현하고 있다.

술 따르는 소년

당신이 장터에 나타나시면
모두들 당신을 위대한 시인이라 부릅니다.
당신이 노래를 부르면 저는 즐겨 경청하고
당신이 침묵할 때에도 저는 가만히 귀 기울입니다.

그러나 당신이 기억하라시며 입 맞춰 주시면
저는 당신을 더욱 사랑하게 됩니다.
말들이란 사라져 버리지만
입맞춤은 마음속에 남아 있으니까요.

운율을 맞추는 것도 의미가 있겠지만
많이 생각하는 게 더욱 좋은 일입니다.
다른 이에게는 노래를 불러 주세요
하지만 술 따르는 이 소년에게만은 침묵하세요.[273]

---

273) 앞의 시 마지막 행 "저는 아무 노래도 듣고 싶지 않아요."와 연관된다.

시인
술 따르는 소년아, 이리오게! 한 잔 더 주게!

술 따르는 소년
어르신, 이제 충분히 드셨습니다.
사람들이 어르신을 거친 술고래라 부릅니다.

시인
내가 취해 넘어진 것을 본 적이 있는가?

술 따르는 소년
마호메트께서 술을 금하십니다.

시인
사랑스러운 친구야!
아무도 듣는 이가 없다면 네게 얘기해 주지!

술 따르는 소년
어르신이 기꺼이 얘기하시겠다니
저야 물어볼 필요도 없지요.

시인

잘 듣게나! 우리 모슬렘들은

맑은 정신으로 머리를 조아려야 하고

마호메트는 성스러운 신앙의 열광에

혼자서만 취하고 싶어 하시는 거야.[274]

---

274) 괴테는 윌스너가 쓴 마호메트 전기에서 마호메트가 신자들에게 포도주를 금한 이
　　유는 취하는 특권을 자신만이 누리고자 했기 때문이라는 내용을 읽었다. 괴테는 이
　　것을 염두에 두고 이 시를 썼다.

사키[275]

어르신, 생각해 보세요! 당신이 술에 취하면
당신 주위엔 불꽃의 광채가 뿜어 나와요!
수천의 불꽃이 탁탁 소리를 내며 타오른다구요.
그 불티가 어디로 튀는지 어르신은 모르실 거예요.

저 구석에 승려들이 있어요.
어르신이 식탁을 치면
그들은 위선자처럼 몸을 숨기지요.
어르신이 마음을 열어 놓는데도 말이에요.

말해 주세요, 왜 젊은이가
노상 실수만 하고
덕이라곤 형편없이 모자라지만
노인보다 더 현명한지를.

하늘의 일과 땅의 일 모두를
어르신은 잘 알고 계십니다.
그러하기에 가슴속에서 솟구치는 소용돌이를

---

275) 유일하게 독일어 Schenke 대신 아랍어 Saki로 쓰여 있다.

어르신은 하나도 숨기지 않는군요.

하템
바로 그러니까, 사랑스러운 소년이여,
항상 젊고 슬기롭게 살아라.
시를 쓰는 일은 물론 하늘의 선물이지만
지상의 삶에서는 미망일 뿐이다.

처음엔 비밀스럽게 궁글리지만
어느 사이엔가 무심코 새어 나오는 것이지!
시인은 침묵해 봐야 소용이 없어
시 쓰는 일이란 벌써 비밀을 누설하는 것이기에.

여름 밤

시인
해는 졌는데
서쪽 하늘은 아직도 여전히 빛나네.
이 금빛 어스름이 얼마나 오래 더 지속될지
나는 정말로 알고 싶구나.

술 따르는 소년
그러길 원하신다면, 어르신
제가 이 천막 밖에서 기다리지요.
밤이 어스름을 몰아내고 주인이 되면[276]
바로 들어와 어르신께 알리겠어요.

푸르스름한 밤하늘에서 저 불덩이들이[277]
서로서로 찬미의 노래를 부를 때면
어르신은 하늘나라 무한한 공간을
바라보기 좋아한다는 걸 저는 알아요.

가장 밝은 별은 이렇게 말하고 있어요.

---

276) 아주 어두워지면이라는 뜻이다.
277) 밤하늘의 별을 의미한다.

여기 이 자리에서 나는 빛나고 있는데
신께서 그대들을 더 오래 살게 한다면
그대들도 나처럼 밝게 빛나리라.

신은 지고의 존재이시기에
신 앞에서는 모든 것이 훌륭합니다.
그래서 이제 새들도 모두
큰 둥지 작은 둥지에서 잠이 들지요.

하나 훈훈한 바람 일렁이는
실측백나무 가지 위에는
이슬이 촉촉이 맺힐 때까지
새 한 마리 앉아 있을 거예요.

이런 일들 또는 이 비슷한 일들을
어르신은 제게 가르쳐 주셨지요.
어르신께 한 번 들은 것은
가슴에서 사라지지 않아요.

어르신을 위해 저는 부엉이처럼
이 테라스 위에 앉아 있겠어요.

북쪽의 두 별자리가[278) 방향 바꾸는 것을
바라볼 수 있을 때까지.

그러면 곧 자정이 되고
어르신은 너무 일찍 거나해지시지요.
그리하여 저와 함께 이 우주를 찬미한다면
찬란하기 그지없을 거예요.

시인
이 향기 그윽한 정원에서
밤꾀꼬리가 밤새워 울고 있구나.
하지만 마침내 밤이 찾아올 때까지
자네는 한참을 기다려야 할 걸세.

이 꽃과 봄의 시절에는
그리스 민족이 이름 붙였듯
과부인 오로라 여신[279)이

---

278) 큰곰자리와 작은곰자리를 의미한다.
279) 새벽의 여신. 그녀는 티톤에게 반해서 그에게 영생을 줄 것을 제우스에게 부탁했
    다. 제우스가 그 부탁을 들어주었는데 이때 그녀는 그가 영원한 젊음을 유지하도록
    해 달라는 부탁을 잊어버려서 티톤은 결국 늙고 힘이 빠져 버렸다고 한다. 이런 의

헤스페루스[280)에 사랑을 불태우기 때문이지.

자네 주위를 둘러보게! 오로라가 오네! 얼마나 빠른지!
꽃들 만개한 들판 위로 달려오네!
여기도 빛나고 저기도 빛나서[281)
밤이 저만큼 밀려 버리네.

가볍고 불그스레한 신발을 끌며
태양과 함께 서쪽으로 달려가는
헤스페루스를 따라잡으려
오로라는 미친 듯 서두르는 것이야.
그대, 저 거친 사랑의 숨소리가 느껴지지 않는가?

더없이 사랑스러운 아들아, 들어가거라.
집 안 깊숙이 들어가서 문을 닫아라.
오로라가 아름다운 너를 보고
헤스페루스인 줄 알고 데려갈지 모르니까.

미에서 새벽의 여신 오로라를 과부라 한 것이다.
280) 그리스 신화에 등장하는 저녁 별의 이름이다. 초저녁에 빛나는 금성을 의미하며
아름다운 젊은이로 형상화되어 있다.
281) 한쪽에는 오로라가 다른 쪽에는 저녁 별이 함께 밝게 빛나는 것을 비유한다.

술 따르는 소년
(잠에 취해서)
마침내 어르신의 말씀 알겠어요
모든 것들 속에 신이 들어 있음을.
이 얼마나 멋진 가르침인지요!
가장 좋은 일은 그러나
어르신의 사랑이에요.

하템
너는 참으로 달콤하게 잠을 자는구나.
물론 잠잘 권리가 있지.
착한 소년이여! 내게 술을 따라 주었고
아무런 강요나 속박도 없는데
친구이자 선생인 이 노인의 생각을
참 잘 들어주었다.
이제 너의 사지로 건강함이 가득 차올라
더욱 새로워지리라.
나는 술이나 계속 마셔야겠다.
그러나 조용히 하마.
네가 잠에서 깨어
나를 기쁘게 하지 않도록 하기 위해.

우화 시편²⁸²⁾

282) *Mathal Nameh. Buch der Parabeln.* 괴테 시대에는 우화(Parabel)가 넓은 개념으로 쓰였는데 여기서는 우화와 비유의 이야기를 모은 것이라는 뜻으로 쓰고 있다. 의미 나 개념 등은 비범하고, 드높고, 도달하기 어려운 것이기 때문에 일반적이고 익숙한 상으로 표현할 때에야 비로소 생생하고 실제적으로 드러난다고 괴테는 보았다. 그래 서 비유나 우화를 사용해야 한다는 것이 괴테의 의견이었다.

물방울 하나가 하늘에서
무섭고 거친 바다 속으로
두려움에 떨며 떨어지자
파도가 거칠게 일었다.
그러나 신께서는
경건한 신앙심에 은총을 내리셔서
물방울에 영생의 힘을 주셨다.
그 물방울을 조개가 고요히 삼켰고[283]
이제 영원한 영예와 보상으로
그 진주는 우리 황제의 왕관에서
아름다운 광채와 부드러운 빛으로 빛난다.

---

283) 18세기까지 사람들은 진주가 생성되는 과정을 하늘에서 떨어진 물방울을 조개가
삼키고 그 물방울이 조개 속에서 진주로 변하는 것으로 생각했다. 그래서 이 과정은
시가 생겨나는 과정에 대한 비유로 자주 사용되었다.

소나기 사이로 밤꾀꼬리[284)]의 노래가
알라신의 빛나는 권좌에까지 뚫고 들어왔다.
아름다운 노래에 상을 내려
알라신은 꾀꼬리를 황금 새장에 가두셨으니
그 새장이 바로 인간의 육체이다.
꾀꼬리는 갇혀 있어 답답함을 느끼긴 하나
그것을 잘 헤아린다면
영혼은 언제나 계속 노래 부를 수 있다.

---

284) 이 시에서는 영혼에 대한 비유로 표현되고 있다.

신앙의 기적

언젠가 아름다운 접시를 깨트렸을 때
나는 거의 절망에 빠졌다.
거칠고 조급한 내 행동을
악마에게나 줘 버리고 싶었다.
처음에는 몸부림쳐 울었고
깨진 조각을 슬프게 어루만지며
가만히 흐느껴 울었다.
그러자 신은 이를 불쌍히 여겨
원래처럼 다시금 완전하게 만들어 주셨다.

조개에서 떨어져 나온 진주가
아름답고 지체 높은 진주가
보석 세공자에게, 그 착한 남자에게
말하였다. "나는 이제 끝났어요!
아름다운 내 우주에 구멍을 뚫으면
바로 엉망이 되고 말 거예요.
다른 자매들과
때로는 형편없는 것들과도
나는 함께 꿰여 있어야겠지요."

"나는 지금 단지 이윤만을 생각하니
나를 용서해 다오.
그러나 내가 몰인정하지 않으면
어떻게 진주 목걸이를 만들 수 있겠는가?"[285]

---

285) 진주 한 알 한 알과 그것을 엮어 만든 진주 목걸이는 동방의 시가 자주 다루는 모
   티프로 각각의 시와 그것을 모은 시집의 관계를 말한다. 진주 목걸이, 즉 좀 더 높
   은 전체를 이루기 위해서는 각각의 진주가 희생되어야 한다는 것이다. 만년의 괴테
   역시 이 사상을 가지고 있었다.

코란 책갈피에 끼워진 공작 깃털을
나는 놀랍고 기뻐서 바라본다.
성스러운 자리에 온 것을 환영한다
지상의 형상 중 최상의 보물이여!
너에게서 나는, 하늘의 별에게서처럼
자그만 것 속에 들어 있는 신의 위대함을 배운다.
세상을 굽어보시는 신께서
여기에 당신의 눈을 새겨 놓으셨구나.
그리하여 어떤 왕도 감히
이 새의 화려함을 흉내 낼 수 없게끔
깃털을 장식해 놓으셨다.
겸손되이 이 영광을 기뻐하라.
너는 성전에 자리할 가치가 있다.[286]

---

286) 괴테는 페르시아의 시 "아름다운 이는/ 추한 이보다 언제나/ 더 많은 자유가 있어
서/ 자신이 원하는 곳에/ 발을 들여놓을 수 있다."를 변형하여 이 우화시를 지었다.
즉, 이승의 아름다움은 단지 신의 자비이며, 신을 드러내 주는 그릇일 뿐이라는 것
이다. 따라서 아름다운 것은 마땅히 겸손해야 한다는 의미이다.

어떤 황제에게 두 명의 경리가 있었다.
하나는 수납을 하나는 지출을 담당하였다.
지출하는 이의 손에서 자꾸만 돈이 흘러 나가는데
수납하는 이는 어디에서 돈을 충당해야 할지 몰랐다.
그러다 지출자가 죽었고, 황제는 누구에게
그 자리를 맡겨야 할지 알지 못했다.
그런데 주변을 둘러보기도 전에
수납하는 이는 한없이 부유하게 되었다.
단 하루 동안 지출하지 않았을 뿐인데
주체할 수 없을 정도의 금이 쌓였다.
그러자 이제 황제는 이 모든 불행의 근원이
어디에서 오는지 분명히 알게 되었다.
이 우연을 그는 잘 판단하여서
그 자리를 다시는 채우지 않았다.

새 냄비가 솥단지에게 말했다.
"너는 참으로 시커먼 배를 가지고 있구나!"
"우리는 부엌에서 사용되어 그렇지.
이리 와 봐. 이 빤질빤질한 냄비야.
네 자만심도 곧 꺾이고 말 거야.
네 손잡이가 반들반들한들
그게 무슨 자랑거린가.
네 엉덩이나 좀 살펴보아라."

위대하건 보잘것없건
모든 이들은 저마다 자신의 옷감을 곱게 짠다.
가위를 높이 들고[287]
우아하게 방 가운데 앉아 있다.
누가 빗자루로 그것을 쓸어 버리면
사람들은 저마다 말한다.
끔찍한 일이다.
최고의 궁전이 파괴되었다라고.

287) 빗처럼 톱니가 달린 물레를 의미한다.

예수님이 하늘에서 내려오시면서
복음을 전하는 영원한 책을 가져오셨다.
예수님은 그것을 밤낮으로 제자들에게 읽어 주셨다
효험 있게 완수되는 하느님의 말씀을.
그런데 예수님이 하늘로 돌아갈 때 그 책을 다시 가져가셨다.
그 말씀을 마음에 잘 새긴 제자들은
각자가 자신의 생각 속에 남아 있는 대로
하나씩 하나씩 써 내려갔는데 서로가 달랐다.
제자들이 똑같은 능력을 갖고 있지 않기에
그건 오히려 당연한 일이다.
덕분에 기독교인들은
최후의 심판 때까지 살아갈 수 있게 되었다.[288]

---

288) 괴테는 샤르댕의 책에서 기독교의 복음서에 대한 이슬람의 견해를 알게 되었는데 다음과 같다. 예수는 하늘에서 복음서를 가져와 제자들에게 읽어 주었다. 그런데 예수의 기적을 경험한 제자들이 복음서를 '신의 정신', '신탁의 말씀'이라며 숭배하려 하자 예수는 실망하여 복음서를 다시 하늘로 가져갔다. 예수가 하늘로 돌아간 후 네 제자들은 자신이 기억하는 예수의 행적과 말씀을 썼고 그것을 후에 기독교인들이 복음서라 불렀다. 이것은 당연히 인간의 선입견이 남긴 창작품일 따름이다. 이러한 견해에 괴테의 재해석을 덧붙였다는 점이 주목할 만하다. 사람들이 자신의 필요에 따라 복음서를 찾아 읽을 수 있다는 것이다. "진정한 것은 신과 같다. 그것은 직접적으로 드러나지 않는다. 그것을 우리는 현상들로부터 규명해 내야 한다."

좋구나[289]

아담이 깊은 잠에 빠져든 것을
달빛이 빛나는 천국에서
여호와께서 보시고는
그 옆에 잠든 이브를
살며시 내려놓으셨다.[290]
이제 지상의 울타리 안에
하느님의 가장 사랑스러운 두 생각[291]이 누워 있었다.
"좋구나!" 이 걸작을 보고 외치시고
하느님은 그 자리를 떠날 줄 모르셨다.

우리의 눈과 눈이
서로를 그윽이 들여다볼 때면
마치 우리가
우리를 생각해 내신 분의 곁에라도 있는 양
넋을 잃는 것도 이상한 일이 아니다.

---

289) 「창세기」 1장 10절에 나오는 "하느님께서 보시니 참 좋았다."라는 구절과 1장
　　31절 "이렇게 만드신 모든 것을 하느님께서 보시니 참 좋았다."라는 구절과 직접
　　관련된다.
290) 「창세기」 2장 21절에서 23절에 나오는 아담과 이브에 대한 구절과 연관이 있다.
　　"그래서 야훼 하느님께서 아담을 깊이 잠들게 하신 다음, 아담의 갈빗대 하나를 뽑
　　고 그 자리를 살로 메우시고는 그 갈빗대로 여자를 만들어 아담에게 데려오셨다."
291) 창조물을 신의 생각이 실현된 것으로 보는 관점이다.

하느님이 우리를 불러 주신다면, 좋다, 그래도 좋다!
단지 나의 조건은 우리 둘을 함께 불러 주는 것.
하느님의 생각 중에서 가장 사랑스러운 생각인 그대를
이 팔의 울타리로 꼭 붙잡고 있으리라.

배화교도 시편[292]

292) *Parsi Nameh. Buch des Parsen.* 이 「배화교도 시편」에 수록되어 있는 두 편의 시는 모두 1815년 초반에 쓰였는데 불을 숭배하는 종교인 배화교를 자세히 설명하고 있다. 『서동 시집』에 배화교를 끌어들인 것은 동방 종교의 초기 현상인 배화교의 교리와 세계관에 대한 이해 없이는 그 이후 동방의 변천을 이해할 수 없다는 생각 때문이었다. 또한 배화교에서 불과 태양을 숭배하는 교리는 불과 태양에 최고의 것이 현현되어 있어, 그 속에서 생산되는 하느님의 힘과 빛을 느낀다는 괴테의 생각과도 일치하는 점이 있다.

옛 페르시아 신앙의 유훈

형제들이여, 어떤 유훈(遺訓)을 그대들에게 남겨야 할까,
죽음을 앞둔, 신심 깊은 이 가련한 사람이?
그대들은 나를 참을성 있게 돌봐 주고
마지막 날들까지 정성껏 공경해 주었다.

눈부신 황금을 몸에 두르고
말 타고 가는 왕을 우리는 자주 보았다
왕과 대신들의 머리 위에
보석이 우박 덩이처럼 잔뜩 매달려 있었지.

그대들은 언제 왕의 그런 모습을 부러워했는가?
태양이 아침 노을의 날개를 달고
다르나벤드293)의 수많은 산봉우리 위로
아치를 그리며 솟아오를 때면,

그것을 더욱 기뻐하지 않았던가?
누가 거기에서 눈길을 거둘 수 있었던가?
일생 동안 나는 수천 번을 느끼고 느꼈다
솟아오르는 태양과 함께 나도 떠오르는 듯한 느낌을.

---

293) 엘부르스 산맥 중 가장 높은 봉우리로 고대 이란 신화에 나오는 영산이다.

권좌에 앉은 하느님[294]을 알아보고
그분을 생명의 원천의 주인[295]이라 부르며
그 성스러운 눈길에 걸맞게 행동하며
그분의 빛 속에서 계속 변화해 감을 느꼈다.

하나 불덩이가 완성되어 솟아오르면
나는 너무도 눈이 부셔 멈춰 서서
가슴을 치며, 새로워진 사지를 던져
엎드려 이마를 땅에 대었지.

형제들의 호의와 기억에 보답하려
성스러운 유훈을 여기 남긴다.
고된 봉사의 의무를 날마다 지키도록 하라.
그 밖의 어떤 계시도 필요 없다.

새로이 태어난 아기가 경건한 손을 움직이면
재빨리 아기를 태양을 향해 들어 올려
아기의 몸과 정신이 불의 세례를 받게 하라.

---

294) 태양을 비유한 표현이다.
295) 태양을 삶의 원천이라 보는 배화교의 사상이 들어 있다.

그러면 아이는 아침마다 은총을 느끼리라.

죽은 이는 살아 있는 동물들에게 넘겨주라.
동물들도 돌더미와 흙으로 덮어 주라.
너희들의 힘으로 할 수 있는 데까지
불결하게 생각되는 것들을 모두 덮어 버리라.

너희들의 전답을 멋지고 정결하게 경작하여
그 노력 위로 태양이 즐겁게 비추게 하라.
나무를 심을 때면 줄을 맞추어 심으라.
태양은 정돈된 것만을 번성시켜 준다.

운하의 물도 결코 더럽히지 말고
줄기차게 흐르게 하라.
산악 지대에서 솟아 나온 센데루드 강의 맑은 물이
사라질 때에도 솟아 나올 때와 마찬가지로 순수해야 한다.

강물이 부드럽게 흐를 수 있도록
부지런히 도랑을 파 주라.
갈대와 골풀, 도롱뇽과 도마뱀
이런 해충들은 모두 없애라!

너희들이 땅과 물을 그렇듯 순수하게 유지하면
태양은 기쁘게 대기를 뚫고 빛나리라.
태양이 그 품위에 걸맞은 영접을 받는 곳에서는
생명이 꿈틀대고, 삶에 축복과 경건함을 얻으리라.

수고에 수고를 더하여 힘든 너희들은
위안받을지니, 이제 온 우주가 정결해졌다.
이제 인간은 사제가 되어
감히 돌을 부딪쳐 신과 같은 불을 붙여도 되리라.

불꽃이 타오르면 기쁘게 깨달으라.
밤은 밝고, 사지는 불로 따스히 담금질되며
활활 타오르는 아궁이 속 불의 힘으로
동물과 식물의 거친 즙이 익어 가리라.

나무를 나를 때면 기쁨으로 행하라.
너희들은 바로 태양의 씨앗을 지상에 가져오는 것이다.
목화를 딸 때면 친밀하게 말하라.
이것은 심지가 되어 성스러운 불꽃을 피우리라고.

모든 램프의 타오르는 불꽃에서

보다 높은 빛의 광휘를 경건히 깨닫는다면
너희들은 아무런 불행도 겪지 않고
아침에 하느님의 권좌를 경배할 수 있으리라.[296]

거기에 우리의 존재를 보증해 주는 옥쇄가 있고
우리와 천사들을 위한 순수한 신의 거울이 있으니
오직 최고의 분을 찬미하기 위해 더듬더듬 말한 것들
모두 그 안에 겹겹으로 모여 있다.

나는 센데루드 강변을 떠나
다르나벤드로 날개 저어 가련다.[297]
태양이 떠오르면 태양을 기쁘게 만나서
거기에서 영원히 너희에게 축복을 내려 주리라.

---

296) 아침에 하느님의 권좌인 태양을 향해 기도하는 것을 의미한다.
297) 영혼이 하늘나라로 가는 것을 의미한다

인간이 대지를 좋아하는 이유는
태양이 대지를 비추고
포도를 보고 기뻐하기 때문이다.
포도는 날카로운 칼이 스칠 때 눈물 흘리는데
잘 익은 자신의 즙이
세상을 상쾌히 해 주고
많은 이들을 활기차게 만들어 주기도 하지만
많은 이들을 또한 숨 막히게도 만들기 때문이다.
이 모든 것을 번성케 하는 것이 바로
태양의 열기 덕분임을 인간이 안다면
술 취한 이는 주절대며 비틀거릴 테지만
적당히 마신 이는 노래하며 즐거워하리라.

천국 시편[298)

298) *Chuld Nameh. Buch des Paradieses.* 「천국 시편」에서 묘사하는 천국은 이슬람교에서 말하는 천국이다. 그러나 이처럼 지극히 동방적인 면모를 보이는 듯한 천국의 모습에서도 가톨릭 경건주의자들이 생각하는 감각적이고 순박한 천국의 모습을 찾아볼 수 있다. 이것은 곧 이 시집의 기본 주제인 동서양의 만남과 넘나듦이 천국의 상에도 해당된다는 것을 말해 준다.

천국의 예감

진정한 모슬렘이 천국에 대해 말할 때
마치 자신이 거기서 살았던 듯 말한다.
그는 코란이 약속한 것을 그대로 믿으니
순수한 가르침은 바로 여기에 바탕을 둔다.

그러나 그 책을 지으신 예언자[299]는
천국에서도 우리들의 부족함을 잘 알고 계신다.
천둥의 저주를 받으리라는 걸 알면서도
우리가 의심으로 믿음에 상처 입히는 걸 보신다.

그래서 그분은 영원한 공간에
모든 것을 젊게 해 주는 청춘의 본보기를[300] 보내신다.
그 여인은 가까이 다가와 지체 없이 내 목에
가장 사랑스러운 올가미를 감는다.

그 천상의 존재를 내 품에, 내 가슴에 안으면
더 바랄 게 없다.
이제 나는 천국을 굳세게 믿는다
영원히 그녀에게 진정으로 입 맞추고 싶기 때문에.

---

299) 마호메트를 지칭한다.
300) 청춘의 아름다움을 보여 주는 천국에 사는 여인을 의미한다.

자격 있는 남자들

베드르의 전투[301] 후에 별이 빛나는 하늘 아래에서

마호메트께서 말씀하시길
적들은 그들의 죽은 이를 슬퍼하리라.
그들은 소생의 가망 없이 누워 있으니.
그러나 너희는 우리 형제들을 애도하지 말라.
그들은 저 피안의 영역을 걸어가리니.

일곱 행성[302]이 일곱 금속 대문[303]을
모두 활짝 열어 놓았으니
저 변용을 이룬 사람들이 벌써
천국의 문을 용감하게 두드리고 있구나.

기적의 말〔馬〕이 순식간에 나를
모든 하늘을 지나 데려다 주었을 때[304]
그때 내가 느꼈던 그 황홀함을

---

301) 624년 3월, 메카의 이교도들에 맞서 마호메트가 직접 지휘했던 전투이다.
302) 고대에는 하늘에서 일곱 행성이 지구 주위를 돌고 있다고 생각했다. 일곱 행성에
   는 해, 달, 토성, 목성, 화성, 금성, 수성이 속한다.
303) 중세의 연금술에 따르면 일곱 행성은 각각 일곱 금속으로 이루어졌다고 한다. 즉,
   태양은 금, 달은 은, 토성은 납, 목성은 주석, 화성은 철, 금성은 구리, 수성은 수
   은으로 이루어졌다는 것이다.
304) 코란에 따르면 마호메트가 메카에서 예루살렘까지 하룻밤에 날아갔다고 한다. 이
   때 그는 일곱 하늘을 지나 여행했다고 한다.

318

뜻밖에도 그들 역시 너무도 행복하게 경험하리라.

실측백나무처럼 높다란 지혜의 나무에는
금빛 찬란한 사과들[305)]이 높직이 달려 있고
생명의 나무들은 그늘을 넓게 드리워
꽃들과 약초로 가득 찬 들판을 덮고 있다.

이제 동쪽에서 불어오는 달콤한 바람이
천상의 처녀들을 그리로 데려오면
그대의 눈은 즐거워지기 시작하고
바라보는 것만으로 이미 마음이 그득해 오리라.

처녀들은 그대가 무엇을 행했는지 살피며 서 있다.
위대한 계획들이었나? 위험하고 피에 물든 싸움이었나?
천국에 왔으니 그대가 영웅임을 알고 있지만
어떤 영웅이었는지, 그것을 처녀들은 알아내려 한다.

천상의 처녀들은 곧바로 그대의 상처

---

305) 구약성서에서 삶의 나무와 인식의 나무를 복수화한 것처럼 지혜의 나무를 복수로
표현했다.

영광의 기념물인 상처를 보고 알아차린다.
행복도 높은 지위도 모두 사라졌지만
믿음 위한 상처만은 남아 있으니.

처녀들은 울긋불긋 빛나는 돌기둥 왕국인
회랑과 정자로 그대를 이끌어 주고
신성한 포도의 고귀한 즙을 맛보면서
그대에게도 친근하게 권하리라.

젊은이여! 젊은이 이상으로 그대는 환영받으리!
처녀들 모두 하나하나 빛나며 아름다우니
그대가 한 처녀를 마음에 두면
그녀는 그대 무리들의 여주인이자 친구가 된다.

그러나 가장 뛰어난 처녀는
자신의 화려함을 뽐내지 않으며
명랑하고, 솔직하게, 아무런 질투도 없이
그대에게 다른 처녀들의 여러 훌륭한 점을 말해 준다.

모두가 정성을 다해 준비한 성찬으로
한 처녀가 그대를 이끈다.

많은 여인들과 친해도 집안은 평화로우니
천국을 얻을 만한 가치가 있구나.
이 평화를 다른 것과 바꿀 수 없으니
이 평화를 그대는 잘 받아들이라.
그런 처녀들은 결코 싫증 나지 않고
천국의 포도주 또한 취하게 하지 않으리라.

———————

천복을 받은 모슬렘이 얼마나 자랑할 만한지
여기서는 조금만 말해 두노니
이것으로 남자들의 천국
믿음의 영웅을 위한 천국이 온전히 마련되었다.

선택받은 여인들

여인들도 지고 있을 순 없지
정절을 지키면 천국에 들어갈
희망을 가져 마땅하다.
그러나 우리는 천국에 이미 들어간
네 여인에 대해서만 알고 있다.

우선 지상의 태양[306]인 줄라이카
유소프에 대한 그녀의 모든 욕망이
이제 천국의 지극한 기쁨 속에서
체념의 보석이 되어 빛난다.

그리고 가장 은혜받은 여인,[307]
이교도들에 구원을 가져다준 여인은
실망스럽고 비통한 고뇌 속에서
아들이 십자가에 못 박히는 것을 보았다.

다음은 마호메트의 부인[308]
그에게 행복과 영광을 가져다주었다.

---

306) 지상에서 가장 아름다운 여인에 대한 비유로 쓰였다.
307) 마리아를 의미한다. 「누가복음」 1장 28절에 "그대 여인들 가운데 은혜받은 자여."
라는 말이 있다.

일생을 바쳐 오로지 하나의 신과
하나의 배우자만 사랑할 것을 권하였다.[309]

그다음에는 우아한 파티마[310]가 온다
딸로서도 아내로서도 흠잡을 데 없는 여인
천사와 같이 지극히 순수한 영혼을
금빛으로 빛나는 꿀 같은 육체에 지닌 여인이.

이들을 모두 우리는 천국에서 보니
이 여인들을 찬미하는 이는
영원한 곳에서 그들과 함께
거니는 기쁨을 누리리라.

---

308) 여기서는 마호메트가 스물다섯에 결혼해 스물다섯 해를 함께 산, 자신보다 스무
    살 연상인 부인 하디가를 가리킨다. 그녀는 결혼 당시 부유한 상인의 미망인이었다.
309) 하디가가 살아 있는 동안 마호메트는 다른 아내나 첩을 얻지 않았다.
310) 마호메트와 하디가 사이의 딸이다.

허락

후리
오늘 나는 천국의 문 앞을
지키고 있는데요
어떻게 해야 할지 모르겠어요
당신은 참 의심쩍게 보이네요!

당신은 우리 모슬렘들과
같은 부류인가요?
당신의 전투, 당신의 공적이
당신을 천국으로 보낸 것인가요?

저 영웅들 중의 한 분이세요?
그렇다면 영광의 표시
당신의 상처를 보여 주세요.
그러면 당신을 안으로 인도하겠어요.

시인
그렇게 너무 까다롭게 굴지 마요!
나를 그냥 들어가게 해 주시구려.
나는 한 인간이었소
그러니까 투사였다는 말이오.

눈빛을 더욱 가다듬어서
여기! 이 가슴을 살펴보구려.
삶이 남긴 이 짓궂은 상처를
사랑이 남긴 이 기쁨의 상처를 보시구려.

그러나 나는 신심 깊게 노래 불렀다오.
사랑하는 여인이 내게 충실한 것과
어떻게 돌아가든지 간에
세상이 사랑스럽고 고맙다고 노래하였다오.

가장 뛰어난 이들과
나는 함께하였다오.
내 이름이 가장 아름다운 이의 마음에서
사랑의 불꽃에 싸여 찬란히 빛날 때까지.

아니오! 그대가 하찮은 이를 선택한 것이 아니오!
그대의 손을 이리 주시오! 날이면 날마다
그대의 부드러운 손가락에서
영원을 헤아려 볼 수 있도록.

공감

후리
당신에게 처음 말을 건넨
저 문밖에서
계율에 따라
나는 종종 보초를 섰지요.
거기서 신비로운 소리를 들었어요.
소리와 음절이 물결치는 듯한
그 소리는 문 안으로 들어오려 했어요.
하지만 아무도 그것을 볼 수는 없었지요.
그 소리는 점점 작아지고 사라져 버렸지요.
맞아요. 이제 다시 생각이 나요.
그 소리는 마치 그대의 노래처럼 울렸어요.

시인
영원한 연인이여! 어쩌면 그리도 다정스레
그대 연인을 다시 기억해 주시는지!
지상의 공기 속에서 지상의 방식으로
울리는 소리들,
그 소리들은 하늘로 올라가려 한다오.
많은 소리들이 저 아래에서 사그라지지만
어떤 소리들은 정신의 날개에 몸을 싣고

예언자의 날개 달린 말처럼 솟아올라
저 천국의 문 앞에서 울리는 것이라오.

그대의 친구들에게도 그런 일이 생기면
친근하게 마음에 새기라고 하세요.
소리의 메아리를 더욱 아름답게 키워서
저 밑 지상으로 다시 내려 보내고
시인이 오면 언제든지
그의 재능이 모두에게
도움될 수 있게 해 주오.
그래야 천국도 지상도 모두 이로움을 얻을 것이오.

그대 친구들이 시인에게
다정하고 상냥하게 보답해 주면 좋겠소.
그와 함께 살게 해 주오.
선한 이들은 모두 만족해할 거요.

그대는 그러나 내게 짝 지워져 있으니
나는 그대를 영원한 평화에서 떠나지 않게 하리다.
보초를 서러 가지 마오.
혼자 있는 다른 자매를 보내시오.

시인
그대의 사랑, 그대의 입맞춤이 나를 황홀하게 해 줍니다!
그대의 비밀을 물어보고 싶지는 않지만
그래도 말해 주오, 그대가 언젠가
지상에서 삶을 누린 적이 있었는지.
내겐 자꾸 그런 생각이 든다오.
그대가 한때 줄라이카라 불렸음을
맹세코 나는 증명해 보이고 싶다오.

후리
우리는 여러 원소들로 창조되었어요.
물과 불, 흙과 공기로 직접 만들어졌지요.
그러니 지상의 향기는
우리 같은 존재에게는 역겹기만 하지요.
우리는 당신들한테 결코 내려가지 않아요.
그러나 당신들이 안식을 얻으려 우리에게 온다면
우리는 할 일이 아주 많지요.

당신도 아시잖아요
예언자의 추천을 받아서
신앙심 깊은 이들이 올라와

천국에 자리를 얻을 때면
우리는 그분의 명령에 따라
천사도 그렇지 못할 정도의
상냥함과 애교를 다한답니다.

단지 첫 번째, 두 번째, 세 번째 신도는
예전에 이승에서 좋아하던 여인이 있었답니다.
우리에 비하면 보잘것없는 여인들이었는데
그들은 우리를 더 보잘것없게 여겼어요.
우리는 매력적이고, 분별 있고, 명랑하게 대했지만
모슬렘들은 다시 지상으로 내려가고 싶어 했어요.

우리들 하늘에서 고귀하게 태어난 이들에게
그런 태도는 아주 기분 나쁘기 짝이 없었지요.
그래서 우리는 작당을 해서
이리저리 머리를 짜냈지요.
예언자께서 하늘을 지나 달려가실 때
우리는 그분의 행로를 눈여겨보았습니다.
돌아오실 때에 그분은 지나치지 않으시고
날개 달린 말을 세우셨어요.

우리는 그분을 빙 둘러쌌습니다.
그러자 그분은 늘상 그러시듯
인자하면서도 엄숙하게
우리들에게 짧은 가르침을 내렸습니다.
그 가르침이 우리에겐 매우 불만스러웠어요.
왜냐하면 그분의 목적에 맞추어
우리는 모든 것을 조정해야 했기 때문이지요.
당신들이 생각하는 것처럼 우리는 생각해야 했고
당신들의 연인과 같은 모습이 되어야 했지요.

우리들 자신에 대한 사랑은 사라져 버렸고
처녀들은 어쩔 줄 몰라 머리를 긁적였어요.
그렇지만 우리는 영원한 삶 속에서
모든 것에 헌신해야 한다고 생각했어요.

그러기에 모두들 예전에 보았던 것을 여기서 보고
예전에 일어났던 일을 여기서 다시 경험하는 거예요.
우리들은 금발이 되기도, 갈색 머리 여인이 되기도 하고
시름에 잠기기도 변덕을 부리기도 합니다.
그리고 물론 가끔 어릿광대 노릇도 하지요.
모두들 저마다 자신의 집에 있는 듯 여기니

우리는 그들이 그렇게 생각하는 것을 보며
생기를 얻고 기분 좋아집니다.

당신은 그러나 자유로운 정신을 가졌기에
내가 천국처럼 보이는 것이에요.
내가 줄라이카가 아니라 해도
당신은 내 시선과 내 입맞춤에 존경을 표하는군요.
분명 그녀가 아주 사랑스럽다 하니
머리칼 한 올까지 나와 닮았을 거예요.

시인
그대는 찬란한 하늘의 빛으로 나를 눈부시게 하는구려.
그대의 말이 꾸민 것이든 진실이든
어떻든 나는 그대에게 매혹되었다오.
그대의 의무를 충실히 이행하고
나 같은 독일인의 마음을 기쁘게 해 주기 위해
그대는 독일어의 운율로 말하는구려.

후리
그래요, 당신의 영혼에서 솟아 나오는 대로
그렇게 꾸준하게 운율을 맞추세요!

우리들 천국의 벗들은
순수한 뜻을 지닌 말과 행위를 좋아한답니다.
당신도 알다시피 동물들도
공손하고 충직하다면
천국에서 배척되지는 않는답니다.
거친 말로 후리를 불쾌하게 만들 수는 없어요.
우리는 가슴에서 나오는 말을,
맑은 샘에서 솟아 나오는 말을 느낍니다.
그런 말은 천국에서도 흐를 수 있을 거예요.

후리

다시금 당신은 제 손가락 하나를 꼽아 헤아려 보시는군요!
그런데 당신은 우리가 얼마만 한 영겁을
서로 정을 나누면 함께 살아왔는지 알기나 하세요?

시인

아니! 그것을 알고 싶지 않소! 아니!
다채롭고 상쾌한 즐거움
영원한 신부같이 수줍은 입맞춤!
매 순간이 나를 전율로 떨게 해 준다면
얼마나 오래 살아왔는지 물어볼 필요가 어디 있겠소!

후리

당신은 다시금 넋을 놓고 있네요.

재거나 따져 보지 않아도 잘 알 수 있어요.

우주 안에서 당신은 두려워하지 않았고

감히 신의 심연에 도달하려 했지요.

이제 가장 사랑스러운 여인을 기대하세요!

그 노래를 벌써 다 짓지 않으셨나요?

그 노래가 천국의 문 앞에서 어떻게 울렸지요?

지금은 어떻게 울리나요? 더 세게 당신을 압박하고 싶지는 않아요.

줄라이카에게 바친 노래들을 제게 불러 주세요.

천국에서라도 그보다 더 잘 지을 수는 없을 테니까요.

은총받은 동물들

네 마리 동물에게
천국의 자리가 약속되었다.
거기서 그들은 성자와 경건한 이들과
영원한 시간을 보낸다.

그 첫 순서는 당나귀로
즐거운 걸음걸이로 온다.
예수님이 그의 등에 타고
예언자의 도시[311]로 들어가셨기 때문.

조금은 수줍어하며 다음엔 늑대가 온다.
마호메트가 그에게 명령하셨지.
"가난한 이의 양은 남겨 두라
부자에게서는 양을 뺏어도 된다."[312]

---

311) 예수가 나귀를 타고 예루살렘으로 들어온 것을 말한다.

312) 샤르댕의 책에 다음과 같은 이야기가 나온다. 늑대 한 마리가 암사슴을 쫓아가 결
국 가시덤불 속으로 몰아넣었다. 꼼짝달싹할 수 없던 사슴은 마침 마호메트가 지나
가는 것을 보고 자신에게 신의 보호를 나누어 줄 것을 소리쳐 애원했다. 마호메트가
가까이 가니 사슴은 늑대가 자신을 잡아먹지 못하게 해 달라고 애원했다. 그러자 늑
대는 자기가 사흘을 굶었으며, 배가 고파 이 사슴을 쫓아온 것이니 자신이 사슴을
잡아먹는 것은 당연하고 정당한 일이라 주장했다. 마호메트는 이 이야기를 듣고 늑

다음으로, 내내 꼬리를 치며, 즐겁고 용감하게
용감한 자기 주인과 함께 자그만 개가 온다.
일곱 명의 잠자는 성인과
그렇듯 충실히 함께 잠을 잔 개가.[313]

아부헤리라[314]의 고양이도 천국에서
주인 곁에서 카랑이며 재롱을 떤다.
예언자가 쓰다듬어 주는 고양이는
그래서 늘 성스러운 동물이다.

대와 사슴이 다 만족할 만한 해결책을 마련해 주었다. 즉, 늑대가 그 사슴을 잡아먹
는 대신에 마호메트가 지정하는 다른 곳에 가면 좀 더 좋은 노획물을 얻을 수 있으리
라는 것이었다. 늑대는 이 말에 복종했고 이후 사슴은 마호메트를 따라갔다고 한다.
313) 일곱 명의 잠자는 성인과 그의 개에 관해서는 다음에 나오는 시 「일곱 명의 잠자
   는 성자」에 자세히 설명되어 있다.
314) 고양이의 아버지라 불리는데 그 이유는 그가 고양이를 매우 사랑하고 늘 가까이
   두었기 때문이다. 그는 마호메트와 친구 사이였고 날마다 그 주위에 있었다. 그는
   마호메트의 격언을 기록하여 전수했다.

더 높은 것과 가장 높은 것

이런 일들[315)]을 가르친다 하여
우리를 나무라지는 마시라.
그 모든 것을 어찌 설명할지는
그대들 마음속 깊이 물어봐야 한다.

그러면 그대들은 알 수 있으리라.
자신에 만족하는 사람은
저 천상에서나 여기 지상에서
자신의 자아가 구원받기 원한다는 것을.

나의 사랑스러운 자아는
내가 천국에서 들이마시는 것 같은
많은 안락과 기쁨을 목말라 하였고
또한 영원한 시간을 간구하였다.

우리 모두의 마음을 기쁘게 해 준
아름다운 정원과 꽃, 과일
그리고 귀여운 아이들이
젊어진 정신에게도 마찬가지로 마음에 들 것이다.

---

315) 「천국 시편」에서 설명하고 있는 것들을 말한다.

그래서 나는 모든 친구들을
젊건 늙었건 한자리에 모아
기꺼이 천국의 말들을
독일어로 말해 주고 싶다.

사람들은 인간과 천사가
서로서로를 애무하는 방언과
양귀비와 장미의 대화
그 숨겨진 문법에 귀 기울인다.

또한 눈길을 통해서도
즐거이 말을 주고받을 수 있고
아무런 울림도 소리도 내지 않고서
천상의 환희에 이를 수 있다.

울림과 소리는 물론
말에서 떨어져 나오니
변용된 이는 영원히 그것을
더욱 분명하게 느낀다.

천국에서는 다섯 개의 감각이

약속되어 있지만
분명 나는 이 모든 것을 통합하는
하나의 감각을 얻게 되리라.

그리하면 나는 어느 곳에서건
더욱 쉽게 영원한 영역으로 들어가리라.
생생한 신의 말씀으로 가득 차 있는
순수한 영역으로 들어가리라.

뜨거운 충동이 거침없이
무한히 지속된다.
영원한 사랑을 바라보며
우리 자신이 흔들리고 사라져 버릴 때까지.

일곱 명의 잠자는 성자[316]

자신을 신으로 섬기라면서[317]
자신이 신이라는 것을 입증 못 하는
황제의 분노[318]를 피해
궁정의 총애받던 여섯 소년이 도망간다.
황제가 좋은 음식을 즐기고 있을 때
파리 한 마리가 방해를 하였다. [319]
시종들이 휘휘거리며 쫓아 보지만
그 파리를 몰아내지 못한다.
파리는 황제 주위를 어지러이 날며
식탁을 온통 엉망으로 만들어 버리고
심술궂은 파리 신[320]이 보낸 사자처럼

---

316) '일곱 명의 잠자는 이'에 대한 전설은 기독교뿐 아니라 이슬람교에서도 잘 알려져
있다. 가톨릭에서는 이들을 성인으로 추앙한다. 많은 이슬람 문헌에 이 이야기가 나
오는데 그중 하나가 영어 번역을 바탕으로 함머가 펴낸 『동방의 보물창고』에 수록되
어 있다. 괴테는 그것을 바탕으로 이 시를 지었다.

317) 로마 황제들은 자신을 신이라 칭하고 그렇게 받들도록 했다.

318) 로마 황제 데시우스가 서기 250년에 기독교인들을 탄압한 사건을 말한다.

319) 파리 한 마리 때문에 미쳐 버린 님루드 왕에 대한 페르시아의 이야기가 전해진다.

320) '파리 신(Fliegengott)'은 히브리어의 바알세불을 말 그대로 번역한 단어로 이교도
인 에크론의 신을 의미하는데(구약성서의 「열왕기」 1장 2절 참조), 「마태복음」의
"바알세불의 힘을 빌려 마귀를 쫓아낸다."라는 구절로 잘 알려지게 되었다. "파리
신"이라는 표현은 괴테의 『파우스트』에서 파우스트가 메피스토펠레스를 부를 때에도
나온다.

자꾸만 다시 돌아온다.

"그런데," 시종들이 말을 나눈다.
"신이라면서 파리 한 마리도 막을 수가 없어?
신이 우리들처럼 마시고 먹는단 말이야?
아니야, 그 유일한 분
태양과 달을 창조하시고
별들의 불타는 아치를 우리들에게 마련해 주신 분만이
우리의 신이야. 우리 도망가자!"
가벼운 신을 신은
가녀린 소년들을 양치기가 받아들여
바위 동굴에 숨겨 주고 자신도 숨는다.
양치기의 개도 혼자 남지 않으려고
으르렁거리고 발을 구르며
자신의 주인에게로 파고들어 와
숨어 있는 소년들
잠자는 총아들에게 합류한다.

그들이 도망가 버린 것을 안 황제는
사랑이 분노로 변하여 벌을 내린다.
칼의 벌도 불의 벌도 마다하고

벽돌과 석회로 동굴을 막아
그들을 가두어 버린다.

그러나 그들은 계속해서 잠을 자고
그들의 수호자인 천사[321]가
신의 권좌 앞에서 보고를 드린다.
"그 아름다운 소년들의 사지를
죽음의 안개가 해치지 못하도록
저는 그들을 계속해서
왼쪽 오른쪽으로 뒤척여 주었습니다.
바위에 틈을 내어
젊은이들의 뺨 위로 태양이 오르내리며
생생하게 유지되게 해 주었습니다.
그리하여 그들은 행복하게 누워 있습니다."
건강한 앞발 위에 몸을 웅크린 채
양치기 개도 또한 달콤한 잠을 자고 있다.

세월이 흐르고 흘러서[322]

---

321) 천사장인 가브리엘을 말한다.
322) 코란에 의하면 이들이 동굴에 있었던 기간은 309년이라 한다. 그런데 깨어난 때로
부터 계산해 보면 그들이 도망쳤던 테오도시우스 황제의 제위 기간(379~395)까지는

마침내 소년들이 깨어난다.
막아 놓은 벽은 그동안 썩어서
이미 무너져 버렸다.
양치기가 두려워하며 주저할 때
아름다운 소년, 얌브리카가
누구보다도 교육을 많이 받은 그가 말한다.
"내가 나가 볼게! 너희에게 음식을 가져올게.
내 목숨이라도 이 금덩이를 걸어서라도!"

에페수스[323]에서는 벌써 오래전부터
예언자 예수[324]의 가르침을
경배하고 있었다. (그 선한 분에게 평화를!)

그 소년은 달려갔다. 그런데 성문과
망루 그리고 탑 모두가 달라져 있었다.

130~140년밖에 안 된다. 다른 전설은 196년이라고 전하기도 한다. 이 기간은 마호메
트의 시대에도 논란이 되었다고 한다.

323) 소아시아의 항구 도시 에페수스의 언덕에 있는 비잔틴의 공동묘지로 오늘날까지도
'잠자는 일곱 성자의 동굴'로 불린다.

324) 소아시아 지방이 기독교화한 것을 이슬람교의 시각으로 표현한 것이다. 소아시아
에서 예수는 신의 아들로서가 아니라 모세나 마호메트처럼 예언자로 경배된다.

하지만 가장 가까운 빵집에 이르러
급히 빵을 움켜쥐려 하였다.
"이 녀석!" 빵 가게 주인이 소리쳤다
"이봐 젊은이, 자네는 보물을 발견했구먼!
그 금덩이가 그걸 말해 주지.
무마하려면 그 반을 내게 주게!"

그래서 그들은 다투고, 왕 앞에까지
이 다툼이 이어졌다. 그런데 왕 또한
빵집 주인처럼 단지 보물을 나눠 갖으려고만 한다.

그런데 수백 가지 표시가
기적이 일어난 걸 알려 준다.
얌브리카는 스스로 건설한 그 궁전에서
자신의 권리를 지킬 방법을 알고 있다.
기둥 밑을 파내니
그가 미리 말한 보물이 나왔기 때문이다.
그들의 종족인지 확인하려고
곧 일족이 모여든다.
마침내 아직 한창 젊은 나이의 얌브리카가
할아버지의 할아버지로서

자랑스레 그들 앞에 선다.
그는 자신의 아들과 손자들에 대해
마치 선조들처럼 이야기하는 것을 듣는다.
용감한 남자들의 무리인
증손자들이 그를 둘러싸고
젊디젊은 그를 경배한다.
그가 선조라는 이런저런 증표가 연이어 나와
증명을 완성해 준다.
자신과 동반자들에게 그는
자신이 누구인가를 밝혀 준 것이다.

이제 그는 다시 동굴로 돌아간다.
왕과 백성이 그를 호위한다.
그러나 그 선택받은 이는
왕에게도, 백성에게로도 다시 돌아가지 않는다.
왜냐하면 그 일곱 사람은,
개까지 합하면 여덟인데,
그들은 벌써 오랫동안
모든 세계로부터 떨어져 있었기 때문이다.
가브리엘 천사가 신비한 능력으로
신의 뜻을 받들어

그들을 천국으로 데려갔고
동굴은 다시금 담으로 쌓은 듯 막혀 버렸다.

안녕, 잘 자게![325)

이제, 사랑하는 노래들아
내 민족의 가슴에 몸을 뉘어라!
사향 구름 속에서
가브리엘 천사여
지친 이 사람[326)의 사지를
친절하게 보살펴 주소서.[327)
지친 이 사람 건강하고 무사하게
언제나 그렇듯 즐겁게
사람들과 어울릴 수 있게 해 주소서.
모든 시대의 영웅들과 함께
천국의 넓은 공간을
즐거이 거닐 수 있도록
바위틈을 벌려 놓으소서.
그곳에서는 아름다운 것과
늘 새로운 것이
모든 방향에서 계속 자라나
셀 수 없이 많은 이들이 기뻐하리라.

---

325) 잘 자라는 인사를 보내는 이 시로 시인은 자신의 민족과 이별을 고하며, 『서동 시
집』도 이 시로 대단원의 막을 내린다.
326) 시인을 가리킨다.
327) 잠자는 일곱 성인에 대한 가브리엘의 보살핌을 암시한다.

346

그래, 그 충직한 개 역시도
주인들을 따라 천국에 들어갈 수 있으리.

유고 중에서[328]

328) *Aus dem Nachlasss*. 괴테는 1819년과 1827년에 펴낸 『서동 시집』에 여기 실린 시들을 포함한 상당수의 시들을 빼놓았다. 괴테가 이 시들을 빼놓은 이유는 시집에 실린 다른 시들과 모티프가 같아서, 시의 내용과 형식상 시집 전체 구조와 잘 맞지 않아서, 주제에 맞게 적절하게 끼워 놓을 자리를 시집에서 찾을 수 없어서, 예술성이 부족해 보였거나 몇몇의 경우는 너무 직접적이라 오해를 일으킬 소지가 있어서였다. 괴테 사후에 에커만과 리머가 1836년에 몇 편의 시들을 포함시켰고, 나머지 시들은 1888년과 1914년의 바이마르판 전집에 수록되었다. 여기 번역한 유고시들은 중요한 작품들만 수록하여 1949년에 초판이 나온 함부르크판 전집을 바탕으로 했다. 참고로 1994년에 나온 프랑크푸르트판 전집에는 미완성 시까지 포함한 전체 작품이 수록되어 있다.

자신을 알고 다른 사람을 아는 이라면
여기서도[329] 알게 되리라.
동방과 서방이
더 이상 나누어지지 않음을.

두 세계를 곰곰이 가늠해 보는 것
그것이 중요하니
동방과 서방 사이를 넘나드는 것이
가장 좋은 일이다!

329) 『서동 시집』을 말한다.

하피스여, 당신과 같아지려 하다니
그 얼마나 헛된 망상인가!
그래도 바다에서 파도가 일면
배 한 척[330] 신속하게 떠오르고
돛이 부풀어 오름을 느끼면
대담하고 자랑스럽게 된다.
대양이 배를 산산조각 내려 해도
썩은 나무의 배는 헤엄쳐 간다.
가볍고 빠른 노래처럼
차가운 물결이 일고
불같은 파도가 끓어올라
불길이 나를 삼킨다.
하지만 내게는 자부심이 부풀어 올라
대담해진다.
나 역시 햇빛 찬란한 나라에서
살아 보았고 그리고 사랑했노라!

---

330) 서방 시인이 쓴 동서양을 아우르는 작품, 즉 『서동 시집』을 말한다.

오십 년 동안이나 그들은
나를 모방하고, 개조하고, 일그러뜨리려 하였다.
그래도 나는 생각했다, 조국의 들판에서
무엇이 네 임무인지 알 수 있지 않았는가.
네 시대의 거칠고 악마적이고 천재적인
젊은이들과 신나게 놀았고
세월이 지나면서 서서히 현자들과
신처럼 온화한 이들과 가까워지지 않았는가.

내 마음에 드는 대로
비유를 사용했어야 하지 않았을까?
신은 모기를 통해 우리에게
삶의 비유를 주시니까.

내 마음에 드는 대로
비유를 사용했어야 하지 않았을까?
신은 사랑하는 이의 눈을 통해
자신을 비유로 보여 주시니까.

사랑하는 이여, 멋진 진주 목걸이를
내가 어떻게든 구해서
사랑의 심지로, 신뢰의 표시로
당신께 줄 수 있었는데.

그런데 당신이 오는 걸 보니
무슨 징표 같은 걸 목에 걸었구려
무엇보다도 그림 부적 같은
그 징표가 나는 싫다오.[331]

아주 최근의 이 바보 같은 것을
당신은 내가 있는 이 쉬라즈로 가져오는구려!
나무에 나무가 겹쳐 있는 그 굵은 십자가를
나더러 노래하라는 건가요?

별들의 주인인 아브라함은

---

331) 이 시는 기독교인 왕비 쉬린을 사랑해서 결혼한 이슬람 왕 코스루의 이야기를 다
루고 있다. 코스루는 쉬린이 호박으로 만든 십자가를 사서 가슴에 걸고 있는 것을
보고는 서양의 어리석은 짓이라며 꾸짖었다고 한다. 초상이나 성물 숭배를 일절 금
지하는 이슬람교의 관점에서 쉬린의 행위를 비판한 것이다. 이에 걸맞게 이 시는 사
랑하는 여인에게 직접 말하는 방식으로 진행된다.

시조로 선택받았고
모세는 머나먼 황야에서
한 분의 신을 통해 위대해졌다.

다윗은 결함도 많았고
범죄를 저지르기도 했지만[332]
이렇게 말할 줄은 알았다.
"나는 단 한 분의 뜻에 따라 행동하였다."

예수는 순수함을 느꼈고
오직 한 분의 신만을 조용히 생각하셨다.
예수를 신으로 만드는 자는
그의 성스러운 뜻을 해치는 것이다.

정의는 그렇듯 드러나야 한다.
마호메트도 그렇게 해내지 않았던가.
오직 한 분의 신의 개념으로
그는 온 세상을 정복하였다.

---

332) 다윗은 왕궁에서 우리야의 아내를 보고 반해 아내로 삼은 뒤 우리야를 전쟁에 내
보내 죽게 만들었다. 솔로몬은 다윗과 우리야의 아내 사이에서 태어난 아들이다.

그런데도 당신이 이 불쾌한 물건에
경배하라 요구한다면
내겐 그게 당신이 혼자서는
빛나지 못한다는 핑계로 여겨지는구려.

아니, 혼자서도 빛나지! 솔로몬의 많은 부인이
어리석은 여인들처럼
여러 우상을 숭배하도록
솔로몬을 바꿔 놓았으니까.[333]

이시스[334]의 뿔과 아누비스[335]의 입을
그녀들이 유대인의 자랑인 그에게 보여주었듯
당신은 그 이상한 나무상을
내게도 신으로 삼으려 하는구려!

당신의 눈앞에 보이는 내 모습보다

---

333) 솔로몬은 많은 외국 여인들을 후궁으로 삼았는데 그들의 영향을 받아 여러 다른
   신들을 섬겼다. 솔로몬이 외국인 왕비들이 하자는 대로 여러 신들에게 분향하고 제
   물까지 드린 것을 말한다.
334) 풍요와 다산을 상징하는 고대 이집트의 여신이다. 암소 머리를 하고 있다.
335) 고대 이집트의 신으로 죽은 자를 저승으로 인도한다. 개의 머리를 가졌다.

더 좋은 모습을 원하지 않소.
솔로몬은 그의 신을 거역했고
나는 나의 신을 부인했소.

당신의 입맞춤으로
변절자의 근심을 견디게 해 주오.
당신 가슴의 부적은
비츨리푸츨리[336]가 될 테니까.

---

336) 멕시코 아스텍 종족의 신이다. 18세기 유럽인들은 이 신의 모습을 매우 기괴하고
끔찍하다고 여겼다.

나를 울게 놓아두오! 밤에 둘러싸여,

끝없는 광야에서.

낙타들과 몰이꾼들은 쉬고 있고

아르메니아인은 계산하느라 깨어 있다.

그러나 나는 그 옆에서 자꾸만

줄라이카와 나를 갈라놓은 거리와

길을 더디게 하는 짜증나는 굴곡들을 헤아려 본다.

나를 울게 놓아두오! 창피한 일이 아니오.

우는 남자들은 선량하다오.

아킬레우스는 브리세이즈 때문에 울지 않았는가!

크세르크세스[337]는 무찌를 수 없는 군대 때문에 울었고

알렉산더는 자신이 찔러 죽인

친구 때문에 울었다.[338]

나를 울게 놓아두오! 눈물이 먼지를 소생시켜

벌써 생기가 돋는구나.

---

337) 페르시아 제국의 제4대 왕으로 제3차 페르시아 전쟁을 일으켜 그리스로 원정하였
으나 살라미스 해전에서 패했다.

338) 알렉산더는 연회장에서 어린 시절부터의 친구이자 생명의 은인이기도 한 클레이투
스가 자신을 부왕과 비교하며 독설을 퍼붓자 격노하여 창으로 찔러 죽였다. 이후 그
는 매우 후회하며 울었다고 한다.

날마다 기다리는데
기마 대장은 왜
전령을
보내지 않는 걸까?
말[馬]도 있고
글도 쓸 줄 아는데.

탈릭체로도
네스키체[339]로도
비단 위에
멋지게 쓸 줄 아는데,
그분 대신에
편지라도 왔으면.

이 병든 소녀
달콤한 고통에서
낫고 싶지 않답니다
사랑하는 분의 소식에

---

339) 아랍어의 여러 서체 중 하나로 일상 생활의 용도로 책이나 신문 등에 많이 쓰
인다.

다시 건강해지련만
지금 앓고 있어요.

나는 더 이상 대칭운을

비단 폭 위에 쓰지 않고

황금 덩굴로도

치장하지 않으리라.

움직이는 먼지에 적어 놓으리니

지구의 중심까지

바람이 날려 버려도

힘은 아직 남아 있어

땅바닥에 붙어 있으리라.

그리하여 언젠가는

사랑에 빠진 나그네가 다가와

이곳에 들어서면

온몸에 전율을 느끼리라.

"여기! 나보다 앞서 사랑한 이가 있었네.

그이는 부드러운 마즈눈이었나?

강력한 파르하드였나? 변함없는 제밀이었나?[340]

아니면 행복하면서 불행한

수많은 이들 중의 하나였나?

그는 사랑하였다네! 나 또한 그이처럼 사랑하니

---

340) 이 시집의 「사랑 시편」에서 언급한 인물들로 사랑에 빠진 남자들을 대표한다.

그를 느낄 수 있네."

줄라이카여, 그대는 그러나
내가 그대를 위해 마련하고 장식한
부드러운 방석 위에서 쉬고 있구려.
그대 역시 깨어나며 온몸에 전율을 느끼리라.
"그분이야, 하템이 나를 부르고 있어.
나도 당신을 부르겠어요, 오 하템! 하템!"

찾아보기³⁴¹⁾

이제 우리는 좋은 충고를 말해 주었다
그를 위해 우리의 많은 날들을 바쳤다.
그 충고가 사람들의 귀에 거슬린다 해도
어떻든, 전달자의 의무는 말하는 것이니, 그것으로 족하다.

실베스트르 드 사시[342]

우리의 스승에게로, 가거라! 작은 책자여,
가서 너를 바쳐라, 친밀하고 기쁘게.
여기가 시작이고, 여기가 끝이며
동방이며 서방이고 알파와 오메가이다.

---

341) 찾아보기 항목과 시는 괴테가 직접 쓴 것이다.
342) 19세기 프랑스의 대표적인 동방학자(1758~1838)로 콜레주 드 프랑스의 페르시아
학 교수였다. 프랑스에 아랍학을 창설했고 아랍어 문법책을 비롯해 많은 번역물 및
아랍 문화에 대한 저술을 남겼다. 그는 또한 함머가 편찬한『동방의 보물창고』의 공
동 편찬자이기도 했다. 괴테는 그의 책에서 아랍어와 아랍 문화에 많은 도움을 받았
기에 시집을 그에게 헌정하는 의미로 그의 이름을 제목으로 삼았다.

시를 통한 동서양의 합일
외국 문학의 창조적 수용을 보여 주는 기념비적 작품

『서동 시집(*West-östlicher Divan*)』은 괴테가 칠순을 맞이하던 1819년 에 처음 출판되었고, 다시 1827년에 몇 편의 시가 더 추가된 개정판이 나왔다.

『서동 시집』의 초기 시들을 쓴 1814년은 괴테에게나 유럽의 정치적 상 황에나 특별한 의미가 있다. 그해 6월, 괴테는 『서동 시집』을 쓰는 데 결 정적 역할을 한 페르시아 시인 하피스(1326~1390)와 운명적으로 만난 다. 이 동방 시인과의 조우는 오스트리아의 궁정 번역사 요제프 폰 함 머(Joseph von Hammer)가 번역한 하피스의 시집을 코타 출판사가 괴테 에게 보내면서 이루어졌다. 당시 그는 바이마르 근처의 휴양지 베르카 에 머물면서 자신과 유럽에 오랜만에 찾아온 평화를 즐기고 있었다. 1806년에 시작되어 유럽 전역을 혼란의 도가니로 몰아넣었던 나폴레옹 전쟁이 1814년 3월에 나폴레옹이 엘바 섬으로 유배 가면서 끝나고, 이 어 파리 강화 조약이 체결됨으로써 유럽에 평화가 찾아왔던 것이다.

"북과 서와 남이 갈라지고/ 권좌들이 무너지고, 제국들이 전율한"(「헤지라」) 그 암울하고 불안한 전쟁 기간 중에 괴테는 자기 자신 속으로 침잠하여 자서전 격인 『시와 진실』을 제3부까지 완성하였고, 새로운 전집 발간을 위해 모든 시를 새롭게 정리하는 예비 작업을 마쳐 놓았다. 이렇게 힘든 작업을 끝낸 뒤 괴테는 조용한 휴양지에서 바흐와 모차르트의 음악을 들으며 내면적으로 생기를 되찾고 새로운 창작 의욕을 키우고 있었다. 1805년 실러가 죽고 유럽이 전쟁에 휩싸이면서부터, 괴테는 창조력의 소진을 느끼며 주로 산문에 집중해 온 터였다. 그런 시기에 하피스의 시를 읽게 된 것이다.

하피스의 시들은 괴테에게 폭발적인 영향을 미쳤다. 괴테는 자신보다도 400여 년이나 앞서 살았던 아득한 동방의 시인 하피스에게서 바로 자기 자신을, 자신의 정신적 친구이자 운명의 동반자를 발견했다. 괴테는 하피스가 살았던 시대와 그의 행적, 사상, 시의 주제 등이 자신이 처한 시대 상황이나 자신이 품은 생각과 매우 비슷하다는 점에 큰 매력을 느꼈다. 하피스의 시에는 괴테가 경험한 것과 같은 궁정 생활과 여러 나라의 흥망성쇠가 있었고 위대한 정복자 티무르와의 만남도 들어 있었다. 한편 혼돈의 시대에 매몰되지 않고 밤꾀꼬리와 장미, 술과 사랑을 밝고 유쾌하게 노래하는 시도 있었다. 가벼운 시구의 그늘에는 깊은 신비가 들어 있고, 사랑을 통해 신에 대한 믿음을, 술을 통해 정신을 노래하는 시가 바로 하피스의 시였다. 초월적이지 않고 현세적이며, 삶을 기뻐하고 깊은 종교적 열망으로 물질성을 극복하려는, 현세와 영원을 연결하는 고양된 정신을 괴테는 하피스에게서 보았다.

하피스와의 만남을 통해 괴테는 정신은 물론 육체적으로도 젊어짐을 느끼며 창조력이 새롭게 분출하는 것을 경험한다. 그리하여 괴테 스스로도 "돌아온 사춘기"라고 표현했듯이 '제2의 청춘'이 도래하였고, 하피스의 시에 화답이라도 하듯 비슷한 주제의 시들이 쏟아져 나오기 시작하였다. 괴테의 일기에 하피스의 시집이 처음으로 언급된 날이 6월 7일인데 6월 21일에 이미 『서동 시집』의 가장 오래된 시 「창조와 소생 (Erschaffen und Beleben)」이 나왔다. 며칠 후 괴테는 라인 강과 마인 강 지역으로 여행을 떠나는데, 이 지역은 바로 괴테의 유년 시절과 청년 시절이 묻혀 있는 고향이었다. 괴테는 하피스의 시집을 들고 낙타와 천막, 가부장의 나라인 동방이 아니라 청춘의 고장으로 여행을 떠난 것이다. 여행 첫날에 이미 두 편의 시가 탄생하였으며, 다음 날에는 아홉 편이 덧붙여질 정도로 괴테의 창작열은 불타 올라 8월 말에는 '하피스에게 바치는 시'가 30여 편으로 늘어나 있었다.

괴테가 여행 중에 쓴 시들 중에는 이미 『서동 시집』의 핵심 주제이자 독특한 특징이라 할 수 있는 개인적인 것과 우주 보편적인 것의 결합, 감각과 정신의 긴밀한 연관 등이 잘 드러나고 있다. 특히 「세상 만물(Alleben)」, 「복된 동경(Selige Sehnsucht)」 등은 이 시집을 대표하는 시로 자주 인용된다. 무엇보다도 「복된 동경」의 마지막 연 "죽어서 살아나라!/ 그러지 않는 한/ 너는 어두운 이 지상의/ 희미한 손님일 따름."이라는 구절은 사랑, 종교적 승화, 어둠과 빛의 대립과 그 합일 과정을 나비가 불꽃 속으로 뛰어들어 타 죽음으로써 새로운 존재와 삶에 도달한다는 것에 빗대어 보여 주고 있다. 이는 사랑과 종교의 모티프를 별개가 아닌 하나의 영역으로 파악하고 노래한 하피스의 시 세계와도 일맥상통한다.

몸과 마음이 새로워진 예순다섯 살의 괴테는 다시 한 번 감정의 고양을 느끼는데 여행 첫날에 쓴 「현상(Phänomen)」은 마치 눈앞에 다가온 사랑을 예견하는 듯하다. 형형색색의 무지개는 아니지만 안개 속에 떠오른 흰색 띠의 무지개를 보고 괴테는 노년에도 사랑할 수 있음을

느긴다. "그러니 그대, 활달한 노인이여, / 슬퍼하지 말게나/ 머리가
곧 허옇게 세도/ 여전히 사랑할 수 있으리." 실제로, 괴테는 여행길에
들른 자신의 고향에서 자기 집안과 교분이 있던 은행가 빌레머의 식사
초대를 받고, 그 자리에서 빌레머의 약혼자 마리안네 융을 만난다. 당
시 서른 살이었던 마리안네는 오스트리아 무용수 출신으로 오래전부터
빌레머의 집에서 지내고 있었다. 1814년 여름, 두 사람의 만남은 아주
짧았지만 서로 깊은 인상을 받는다. 그해 10월 이제는 빌레머 부인이
된 마리안네와 괴테가 라이프치히 승전 기념 횃불 축제를 함께 바라보
던 날을 '자신들의 날'로 추억할 정도로 두 사람은 친밀한 감정을 품
게 되었다.

바이마르로 돌아온 괴테는 본격적으로 독일어, 영어, 프랑스어로 쓰
인 동방에 관한 여행서와 전문 서적을 탐독하며 지식을 넓히고 점점
동방의 세계에 빠져들어 '하피스에게 바치는 시'들을 써 내려간다. 그
리하여 그해 크리스마스에는 『서동 시집』 첫머리에 수록된 시 「헤지
라」를 쓸 정도에 이른다. 시의 제목 자체가 마호메트가 메카에서 메디
나로 이주한 것을 일컫듯이 "북과 서와 남이 갈라지"는 혼돈의 시대에
'순수한 동방'으로 시인이 침잠하는 것은 동방으로의 도피이자 새로운
연대의 시작이라는 의미가 있다. 여기서 동방은 멀리는 페르시아와 아
랍을, 가까이는 이스라엘과 팔레스타인 지역까지를 일컫는데, 바로 구
약 성서의 무대이자 인류의 역사가 시작된 장소이다. 또한 그곳은 여
전히 가부장의 질서가 자리 잡고 있으며, 현세적인 것 속에 신적인 것
이 들어 있고, '영원한 삶을 간구하는' 시가 삶 속에서 곧바로 솟아
나오는 곳으로 인식된다. 이러한 세계에 대한 동경과 성찰이 괴테로
하여금 『서동 시집』에 매달리게 했다.

이렇듯 하피스와 동방에 관한 시들이 꾸준히 쓰이는 가운데 또 한

번 시적 영감이 폭발적으로 분출하며 『서동 시집』의 핵심 부분인 「줄라이카 시편」이 만들어지는 계기가 생긴다. 이번에도 역시 다음 해인 1815년 여름에 시도한 라인 강과 마인 강 지역 여행이 결정적 역할을 했다. 이번 여행은 무엇보다도 마리안네를 방문하는 것이 주된 목적이었다. 괴테는 1815년 8월에 빌레머의 초청으로 프랑크푸르트 근처 게르버뮐레에 있는 그의 별장을 방문하여 빌레머 부부와 몇 주간을 함께 보낸다. 이때 괴테는 하피스의 시집을 마리안네에게 가져다주는데, 이후 두 사람의 사랑은 이승에서의 현실적 사랑이 아니라 동방의 아름다운 여인 줄라이카와 노시인 하템이 주고받는 문학적 사랑으로 활짝 꽃을 피운다. 여행 첫날 마리안네를 염두에 두고 쓴 시에서 이미 "나 그대를 영원히 줄라이카라 부르리라."라며 마리안네를 줄라이카로 형상화하고 있다. 그다음 시에서는 "그대의 연인을 칭송할 때면/ 하템!이라 불러 주오."라고 자신을 아랍의 노시인 하템으로 불러 주기를 바란다. 그리하여 「줄라이카 시편」은 하템과 줄라이카가 대화를 주고받는 방식의 시들로 꾸며지는데 대부분의 시들은 마리안네와의 감정 교류에 의해 촉발되어 그해 여름과 가을에 집중적으로 쓰였다.

그런데 「줄라이카 시편」을 세계문학사에 유래 없는 독특한 존재로 만들어 준 것은, 바로 괴테가 보낸 사랑의 시에 마리안네가 답시를 보낸 것을 괴테가 약간만 손질하여 아무런 언급 없이 『서동 시집』에 수록하였다는 사실이다. "기회가 도둑을 만드는 게 아니고/ 기회 자신이 가장 큰 도둑이구려./ 내 가슴에 아직 남아 있던 사랑을/ 바로 기회가 훔쳐갔으니 말이오. // 내가 일생 동안 얻은 모든 것을/ 기회가 그대에게 넘겨주었으니/ 내 삶은 이제 가련해져서/ 나 그대의 분부만을 기다리려오."라고 괴테가 하템의 이름으로 마리안네에게 시를 적어 보내자 나흘 뒤 마리안네는 줄라이카의 말을 빌려 다음과 같은 시구로 응

답하였다. "당신의 사랑에 너무 행복하여/ 나 기회를 나무라지 않겠어요./ (중략) // 그런데 왜 도둑을 맞으세요?/ 스스로 당신을 내게 주세요./ (중략) // 농담하지 마세요, 가련이라니요!/ 사랑이 우리를 풍요롭게 하잖아요?"

이 시 외에도 마리안네는 시 몇 편을 더 썼는데, 흥미롭게도 이 사실은 오랫동안 알려져 있지 않다가 괴테가 죽은 뒤 마리안네가 독문학자인 헤르만 그림에게 1857년에 보낸 편지에서 처음 밝혀졌다. 그러나 사전에 약속한 대로 그녀가 죽은 뒤인 1869년에 발표한 그의 논문을 통해 세상에 비로소 알려졌다. 그때까지 사람들은 「줄라이카 시편」에 수록된 마리안네의 시에서 괴테가 쓴 시와 아무런 차이를 느끼지 못했던 것이다. 이것은 하피스의 시를 매개로 하여 사랑하는 이와의 정신적 교류를 통해, 마리안네가 노시인이 일생 동안 이룩한 높은 높은 시의 경지에 한순간에 올라섰다는 사실을 말해 준다. 문학사나 정신사에는 한 사람의 천재 주위에서 다른 이의 창조적 힘이 발휘되거나 공동 작업 또는 모방 작품이 이루어지는 경우가 종종 있어 왔다. 그러나 괴테와 마리안네의 예처럼 최고의 시적 수준을 지키며 같은 울림, 같은 말, 같은 리듬으로 시를 주고받은 경우는 찾기 힘들다.

괴테와 마리안네는 그해 가을 하이델베르크에서 한 번 더 만난 후 다시는 만나지 못한다. 그러나 같이 있었던 몇 주 동안 그리고 헤어진 이후에도, 편지를 통해 서로 마음을 주고받는데 이를 위해 두 사람은 하피스의 시집을 이용한 암호 편지를 생각해 냈다. 즉, 자신의 심정을 노래한 구절들을 하피스의 시집 여기저기에서 찾아내어 몇 권, 몇 쪽, 몇 행 식의 숫자를 병렬하는 방식으로 편지를 주고받았다. 이것은 두 사람을 연결해 주는 하피스의 존재와 역할을 잘 말해 준다.

「줄라이카 시편」이 『서동 시집』의 핵심 부분을 차지하고 있지만 이 시집의 전체적 성격을 대변하지는 않는다. 오히려 모두 12개의 부분으로 이루어진 이 시집의 한 부분으로 사랑이라는 핵심 주제를 다루고 있을 따름이다. 1815년의 여행에서 돌아온 뒤 괴테는 더 이상 긴 여행을 떠나지 않고 바이마르에 머물며 동방과 관련된 시 작업에 몰두해서 마침내 『서동 시집』을 출판한다. 이 시집을 구성하는 각 시편의 이름이 (「시인 시편」, 「하피스 시편」, 「사랑 시편」, 「성찰 시편」, 「불만 시편」, 「격언 시편」, 「티무르 시편」, 「줄라이카 시편」, 「술집 시편」, 「우화 시편」, 「배화교도 시편」, 「천국 시편」) 말해 주듯 『서동 시집』은 다양한 주제와 모티프 들로 이루어져 있다. 그러나 독립되어 있는 여러 시편과 개개의 시를 묶어 주는 공통점이 있으니 바로 동방에 대한 관심과 경도이다. '서동 시집(West-östlicher Divan)'이라는 제목에 이미 페르시아어로 모음집, 무리라는 뜻인 Divan을 사용하였고, 서쪽과 동쪽이라는 수식어 역시 동방과 서방, 두 문화와 문학의 만남을 의미한다는 데서 이 시집의 성격이 잘 드러난다. 제목에서는 하피스를 언급하고 있지 않지만 원래 생각했던 시집의 제목이 '하피스에게 바치는 시' 혹은 '페르시아 시인 모하메드 셈세딘 하피스의 시집과 연관된 독일 시 모음'이었던 것에서 괴테가 자신의 '쌍둥이'라 여길 정도로 정신적인 친밀감을 느꼈던 하피스의 영향을 찾아볼 수 있다. 결국 『서동 시집』은 하피스라는 동방의 시인에 대한 서방 시인 괴테의 고백이라는 점에서 동방의 세계와 페르시아 시문학과의 만남을 표명한 중요한 기록물이다.

형식 면에서 괴테는 하피스 시의 특징인 동일한 단어로 운을 맞추며 의미를 변화시켜 가는 가젤 형식을 그대로 따르지는 않았다. 대신 주제와 모티프 면에서 하피스를 비롯한 페르시아와 아랍 문학의 특징인 육체적 열정과 정신의 결합, 신비와 아이러니의 혼융, 경쾌한 어조와 활달한 운율, 세속적인 것과 종교적인 것의 넘나듦, 우화나 성찰을 통한 교훈적 요소 등을 받아들였다. 그러나 『서동 시집』이 하피스 문학을 단순히 모방한 것이라고 말할 수는 없다. 동방적인 모티프에 끊임없이 서양적인 모티프가 섞여 들고 있기 때문이다. 이것은 서양적인 것에서 동양적인 것을, 동양에서 서양을 보려는 괴테의 기본 사상에 기인한다. 그것이 잘 표현된 시가 「은행나무(Gingo Biloba)」이다. "동방에서 와 내 정원에/ 맡겨진 이 나무의 잎은/ 비밀스러운 의미를 담고 있어서/ 그걸 아는 사람을 감동시킨다. // 두 쪽으로 갈려 있는/ 이 잎은 본래 한 몸인가?/ 사람들에게 하나로 보이는/ 이것은 본래 두 개인가? // 이런 물음을 궁리하다가/ 나 그 참뜻을 깨달았다./ 그대는 내 노래에서 역시/ 내가 하나이며 또한 둘임을 느끼지 않는가?" 가운데가 갈려 있는 은행나무 잎에서 괴테는 동양과 서양, 하피스와 자신이 둘이면서 하나임을 읽어 내고 그 깨달음을 아름다운 시로 승화한 것이다. 서로의 개성을 존중하면서 공통점을 찾아 하나의 통일체로 보는 이러한 관점은 두 가지 다른 요소를 합일하여 하나로 완성하려는 괴테의 문학 정신에 바탕을 두고 있다.

　실제로 『서동 시집』에는 대립적인 것들이 끊임없이 교차하며 하나로 합쳐지는 과정이 중요한 역할을 한다. 노인과 젊은이, 개인적인 것과 공적인 것, 비밀과 고백, 자신을 추스르는 것과 자신을 잃어버리는 것, 분리와 재결합이 이 시집의 중요한 주제를 이루며 합일을 지향한다. 이처럼 다양한 주제를 다루고 있기에 『서동 시집』은 일관되거나 통일적인 모습을 보여 주지는 못한다. 시집 전체가 완결되고 통일된 형식과 주제를 지니고 있기보다는 오히려 여러 형상과 무늬가 혼합된 풍부하고 다채로운 한 장의 양탄자라 할 수 있다. 이 시집은 따라서 형형색색의 다양함과 풍부함을 그 자체로 이해하고 받아들이는 방식으로 읽어야 한다.

서방과 동방의 만남과 결합이라는 이 시집의 기본 주제는 당시 독일 문학에서는 낯선 주제였다. 나폴레옹 전쟁으로 인한 민족주의와 낭만주의 운동으로 자기 민족의 과거 역사와 문화에 관심이 쏠렸기 때문이었다. 이러한 시기에 동방을 새롭게 발견하여 그 가치를 인식하고, 함빡 자극받아 새로운 형식과 내용의 문학을 만들어 낸 괴테의 시집은 다른 문화를 창조적으로 수용한 훌륭한 예라고 할 수 있다. 다른 문화의 산물을 단순히 번역하거나 모방하는 것을 넘어서서, 그 문화를 자신의 문화 속에 비추어 보고, 그 문화의 전통과 양식을 받아들여 마침내 최고의 경지에서 두 문화가 하나 되는 예를 괴테의 『서동 시집』은 보여 주고 있다. 이러한 작업은 다른 문화와 접촉할 기회가 더욱 많아진 오늘날에 좋은 귀감이 된다.

『서동 시집』은 처음 출판되었을 당시 독자들로부터 별로 호응을 얻지 못했다. 동방이라는 주제가 낯설어 배경 지식 없이는 이해하기 힘들었기 때문이다. 그래서 괴테는 『서동 시집』에 대한 별도의 해설서를 써서 「메모와 논설」이라는 제목으로 함께 발간하였다. 20세기에 들어와서야 비로소 이 시집은 다양한 관점에서 해석되기 시작했으며 그 풍부한 의미와 다양한 주제, 무엇보다도 정신적 깊이로 인하여 여러 사람의 주목을 끌게 되었다. 그리하여 『서동 시집』은 『파우스트』 2부와 『빌헬름 마이스터의 편력시대』와 함께 노년의 괴테 문학을 특징 짓는 대표작으로 우뚝 서게 되었다.

동방의 세계나 괴테의 정신적 깊이를 속속들이 이해하지 못하는 나는 『서동 시집』을 번역하면서 많은 어려움을 겪었다. 1996년 초벌 번역을 완성할 때만 해도 국내에는 몇 편의 작품만이 선별적으로 번역되어 있었기에 시 한 편 한 편의 의미와 배경을 찾아보고 해석해 내느라 고생하였다. 다행히도(?) 초벌 원고가 출판사 서랍에서 긴 잠을 자는 십여 년 동안 자세한 주석이 실린 프랑크푸르트판 『괴테전집』이 들어왔고, 『서동 시집』 완역본도 국내에 선을 보였다. 이 책들 덕분에 초벌 번역 원고를 새로 손질하여 완성본을 만들면서 처음의 오류도 바로잡고, 문체도 좀 더 가다듬을 수 있었다. 그래도 여전히 이해하기 어려운 시들과 적절한 우리말로 옮기기 까다로운 시들이 많았다.

『서동 시집』의 원문은 규칙적인 두운과 각운, 강세와 리듬이 있는 정형화된 형식을 바탕으로 하고 있는데 우리 시에는 이러한 형식이 없어서 이를 번역에 반영할 수 없었다. 그 대신 우리말의 내재율과 간단한 정형률을 활용하여 원문의 뜻과 형식을 살려 보려 노력하였다. 하지만 여전히 미흡하기만 하다. 괴테의 시를 우리말로 옮기면서 가독성을 중심에 두다 보니 우리말 흐름에 잘 맞지 않을 경우 원문보다 시행을 하나 더 늘리거나 줄인 경우도 있다. 다시 한 번 시 번역의 어려움을 이중으로 실감한 작업이었다. 그래도 민음사의 여러 편집자들이 좋은 제안을 많이 해 주어서 훨씬 매끄러운 우리말이 되었다. 이 또한 옮긴이와 편집자의 창조적 작업이라 할 수 있겠다.

그러고 보니 감사를 드려야 할 여러 얼굴이 떠오른다. 무엇보다도 『괴테전집』 한국어판 발간 사업에 『서동 시집』을 맡아 번역하도록 나를 추천하고 늘 옆에서 격려해 주신 정서웅 선생님께 감사드린다. 정서웅 선생님은 또한 문학에 목말라했던 젊은 나를 독문학으로 이끌어 주신 존경하는 은사이기도 하니 인연이 남다르다. 선생님을 떠올리면 늘 인자하고 선한 웃음이 가슴에 피어오른다. 또한 1990년대 중반에 박사 과정 세미나에서 『서동 시집』과 그에 대한 많은 논문들을 함께 읽으며 시집을 깊이 이해하는 데 도움을 준 연세대학교 제자들에게도 고마움을 전한다. 이들 대부분이 학위를 마치고 귀국하여 강의를 하고 있으니 세월이 많이 흐른 셈이다. 그들의 앞길에 축복 있기를!

끝으로, 이번 번역본에 「메모와 논설」을 넣지 않은 이유를 간단히 설명해야겠다. 괴테는 1819년에 『서동 시집』을 처음 펴내면서 시 본문의 두 배가 넘는 분량의 「메모와 논설」을 첨부하였다. 「『서동 시집』의 더 나은 이해를 위한 메모와 논설」이라는 제목이 말해 주듯 시집에 실린 시를 이해하기 위한 배경 지식으로 이슬람의 역사와 문화, 페르시아 문학과 시인들에 대한 자세한 주석과 괴테의 주요 사상이 기술되어 있다. 이 「메모와 논설」이 『서동 시집』의 중요한 부분임은 틀림없다. 하지만 괴테가 이슬람 문화에 대해 전혀 아는 것이 없던 당시의 독자들을 염두에 두고 작성한 글이기에 일정한 시대적 한계를 지닌다. 또한 전체적 큰 맥락에서 이슬람 문화를 다루고 있기에 『서동 시집』의 개별 시들을 이해하는 데 큰 도움이 되지 않는다. 이런 연유로 이 번역본에서는 「메모와 논설」을 넣지 않았다. 대신 개별 시에 대한 자세한 주를 달아 이해를 돕도록 하였다.

어렵기만 한 『서동 시집』을 우리말로 옮기느라 오랜 세월 암중모색을 하면서도 그래도 한 줄기 위안이 된 말이 있다. 괴테의 영감을 일깨워 『서동 시집』이라는 기념비적 작품을 쓰도록 자극한 함머 번역의 하피스 시집이 서툴기 짝이 없었다는 후세 연구자들의 지적이었다. 하피스의 시가 지니는 운이나 리듬, 형식과 맞지 않고 내용적으로도 불충분한 번역본이었으나 괴테는 그 번역 시집을 통해 하피스 시의 정수를 꿰뚫어 보고 새로운 문학을 창조해 낸 것이다. 동서양 문학의 넘나듦, 진리와 아름다움의 보편성을 잘 말해 주는 이 예처럼 우리 문학에

작품 해설 377

서도 『서동 시집』의 한국어 번역본을 통해 드높은 경지의 정신적 교감
이 일어나 세계문학을 빛낼 좋은 작품이 나왔으면 한다.

2007년 4월

김용민

김용민

연세대학교 독어독문학과와 같은 대학원을 졸업하고 독일 보쿰 대학교에서 독문학 박사 학위를
받았다. 현재 연세대학교 독어독문학과 교수로 재직 중이다.

저서로 『자연시에서 생태시로』, 『생태문학』, 『한국문학의 해외수용과 연구 현황』(공저), 『통일
이후 독일의 문화통합 과정』(공저) 등이 있고, 역서로 『새로운 문학 이론의 흐름』(공역), 『기호
와 문학』(공역), 『담론 분석의 이론과 실제』(공역), 『말테의 수기』 등이 있다.

독일의 생태 문학, 통일 이후의 독일 문학, 신화와 문학에 대해 공부하며 글을 쓰고 있다.

 서동 시집

1판 1쇄 찍음 2007년 5월 1일
1판 1쇄 펴냄 2007년 5월 10일

지은이 요한 볼프강 폰 괴테
옮긴이 김용민
편집인 장은수
발행인 박근섭
펴낸곳 (주) 민음사

출판등록 1966. 5. 19. 제 16-490호
(우)135-887 서울 강남구 신사동 506번지 강남출판문화센터 5층
대표전화 515-2000 / 팩시밀리 515-2007
www.minumsa.com

값 13,000원

ISBN 978-89-374-0242-5 04850
ISBN 978-89-374-0240-1 (세트)